KB009181

DREAMBOOKS★

DREAMBOOKS★

발렌 판타지 장편소설

FANTASY STORY & ADVENTURE

마법군주

인 칼리스타

In Kallista

5

마법군주 5

변하는 정세

초판 1쇄 발행 / 2010년 3월 5일
초판 3쇄 발행 / 2013년 1월 21일

지은이 / 발렌

발행인 / 오영배
편집장 / 권용범
책임편집 / 편집부
펴낸 곳 / (주)삼양출판사 · 드림북스

주소 / 서울특별시 강북구 송천동 322-10호
대표 전화 / 02-980-2112 팩스 / 02-983-0660
편집부 전화 / 02-980-2116 팩스 / 02-983-8201
블로그 / blog.naver.com/dreambookss

등록번호 / 제9-00046호
등록일자 / 1999년 3월 11일

값 8,000원

ISBN 978-89-542-3455-9 04810
ISBN 978-89-542-3334-7 (세트)

* 지은이와 협의하에 인지는 생략합니다.
* 잘못된 책은 구입한 곳에서 바꾸어 드립니다.

마법군주
인 칼리스타
발렌 판타지 장편소설
FANTASY STORY & ADVENTURE
In Kallista
5
변하는 정세
dream
books
드림북스

마법군주

인 칼리스타

제1화

대마법사의 출현

"커, 커쉬너 형!"

서머는 좀처럼 떨림이 멈추질 않았다. 조금 전 자신이 본 것이 진정 사실인지 아닌지 지금도 헷갈렸다.

그건 옆에 있는 커쉬너도 마찬가지였다. 그가 멍한 표정으로 서머를 한 번 쳐다보았다가 하늘을 향해 고개를 치켜들었다.

유난히 맑은 하늘이었다.

구름 한 점 없는 깨끗한 날씨가 방금 전의 상황과 대비되며 커쉬너로 하여금 마치 꿈인 듯한 기분을 들게 했다.

허공에 뜬 채 흙벽을 세우고 바람을 날려 대참사를 막은 칼리스타 백작의 신위.

너무도 선명한 그 모습이 머릿속에 각인되어 커쉬너와 서머의 가슴을 들끓게 만들었다.

그들이 지금 있는 곳은 대강당 주변의 잔디밭이었다. 무너진 강당 주위로는 인부들이 몰려 잔해를 정리하고 있었고, 그 옆으로는 다친 환자들이 사람들의 도움 속에 치료소로 이동하고 있었다.

"형도 봤지?"

서머의 물음에 커쉬너가 예의 그 멍한 눈빛으로 고개를 돌렸다.

"그 빛 말이야. 칼리스타 백작이 마법을 부릴 때 보였던 황금색 빛……. 형은 언제 그런 거 본 적 있어?"

커쉬너는 잠시 생각해 보았다.

칼리스타 백작의 몸에서 뿜어져 나오던 황금빛 광채. 지금껏 다른 어떤 마법사에게서도 보지 못했던 모습이다.

"형도 알지? 돌아가신 외할아버지께서 마법사셨던 거. 마법을 시전하시는 걸 많이 봐왔지만, 난 여태 그런 건 처음 봐. 금빛 마나라니…… 굉장해."

놀라움을 넘어 경이로운 느낌까지 들게 하던 장면이었다.

"더구나 그 정도면 대마법사인 럼블리 백작님과 비슷한 수준 아냐?"

다른 건 몰라도 토네이도 마법이라면 견습 마법사로서는 절대 펼칠 수 없는 경지였다. 적어도 5서클 이상은 되어야지만 가능한 마법이라고 서머는 알고 있었다.

"아마도……."

커쉬너가 고개를 끄덕이며 중얼거렸다.

사실 직접 보지 않았다면 믿지 못했을 것이다. 마법사인 것만으로도 놀라울 판에, 럼블리 백작의 실력에 버금가는 마법사라니.

새로운 대마법사의 출현에 그들은 격동했다.

"여기 있었네."

그때 앉아 있는 커쉬너와 서머의 몸 위로 그림자가 드리웠다. 둘의 고개가 동시에 뒤로 젖혀졌다.

"누나!"

그림자의 주인공은 레베카였다. 그녀가 상기된 얼굴로 안도의 한숨을 내쉬며 커쉬너와 서머를 내려다보고 있었다.

"한참 찾았잖아. 둘 다 무사한 거지?"

벽과 지붕이 무너져 내린 곳은 강당의 오른쪽과 단상 부근이었다. 레베카는 다행히 반대편에 있었던 터라 놀라기는 했지만 물리적인 피해는 전혀 입지 않았다.

하지만 커쉬너와 서머는 중앙이긴 해도 오른쪽에 가까웠고, 일층은 한순간 엄청난 혼란에 휩싸였었다.

레베카는 그런 혼란 속에서 행여 둘이 다치진 않았을까 걱정이 되었던 것이다.

호위기사들의 만류에도 불구하고 찾아다닌 보람이 있었다. 그녀가 안심하며 커쉬너의 옆에 털썩 주저앉았다.

"여태 우릴 찾아다닌 거야?"

커쉬너는 그제야 레베카도 대강당에 함께 있었다는 걸 떠올렸다. 놀란 나머지 그녀를 잊고 있었다는 사실에 순간 창피하면서도 미안한 마음이 든다.

"괜찮으세요?"

서머도 어색한 표정을 지으며 뒤늦은 안부를 물었다.

"그런 얼굴 하지 않아도 돼. 충분히 이해하니까."

레베카는 괜찮다는 듯 입가에 미소를 지었다.

"나라도 그랬을 것 같아. 눈앞에서 그런 상상도 못할 마법을 보았는데 내 생각이 어떻게 나겠어. 다친 데 없이 무사하니 그걸로 됐어."

"누난 어때? 많이 놀랐지?"

"난 괜찮아. 무너진 곳과 멀기도 했고, 호위기사들 덕분에 사람들과도 티끌 하나 부딪히지 않았어. 알잖아."

레베카가 힐긋거리는 쪽을 바라보니 그녀의 호위기사들이 삼엄한 눈초리로 주변을 경계하고 있었다. 조금 전의 사고 때문인지 다들 상당히 날카로워 보였다.

"누나가 다치지 않아서 정말 다행이야."

호위기사들을 보고 나서야 커쉬너는 새삼 레베카의 존재를 실감했다.

이렇듯 아무렇지도 않게 풀밭에 앉아 자신과 얘기하고 있지만, 그녀는 대 타운젠드 공작의 외손녀였다.

그녀가 다쳤다면 무슨 일이 생겼을까?

'윽.'

모르긴 몰라도 아카데미가 무사하지는 않았으리라. 황실 마법사에게 마법을 배워보기도 전 커쉬너는 하마터면 소중한 보금자리를 잃을 뻔했다.

"나도 그렇게 생각해."

레베카는 커쉬너가 한 말의 속뜻을 알아차렸다. 그리고 그것에 전적으로 동의했다.

만약 자신의 몸에 긁힌 자국이라도 하나 생겼더라면 할아버지께서 가만히 계시지 않았을 것이다. 괜한 사람을 힘들게 하지 않게 되어서 정말 다행이었다.

"그보다 나 묻고 싶은 게 있어. 아까 보았던 마법 말이야. 몇 서클 마법이야?"

"마법이라면 둘 중에 어떤 거?"

"어려운 걸로."

"어려운 거라면 흙벽보다는 바람이지. 5서클이야."

"……!"

레베카는 숨을 훅하고 들이마셨다.

직접 보기에도 범상치가 않았고, 커쉬너와 서머가 이토록 놀라고 있으니 예상하지 못한 것은 아니었다.

하지만 적어도 리안의 마법 실력이 대마법사인 럼블리 백작보다는 밑이라고 생각한 그녀였다.

"저, 정말이야?"

그녀가 말까지 더듬으며 입을 벌렸다.

"응, 난 그렇게 알고 있어."

커쉬너는 그녀의 심정을 충분히 이해한다는 듯 고개를 주억였다.

"서머!"

모란 남작의 거친 음성이 들린 것은 그때였다. 그가 호위기사를 대동한 채 저쪽에서 뛰어오는 것이 보였다.

아들의 고집을 꺾을 수 없어 어쩔 수 없이 허락은 했지만, 모란 남작은 여전히 리안이 세운 아카데미가 마음에 들지 않았다.

그래서 입학식에는 참석하지 않고 기다렸다가 끝나면 기숙사만 보고 황도로 바로 올라갈 생각이었다.

그러던 차 강당이 무너져 사람들이 다쳤다는 소식을 들은 것이다.

무사한 아들의 모습에 모란 남작이 감격하며 서머를 얼싸안았다.

"어디 다친 데는 없느냐? 많이 놀랐지?"

"좀 놀라기는 했지만 괜찮아요."

"그러게 이런 촌구석은 안 된다고 했잖느냐! 대체 어떻게 지었기에 지은 지 얼마 되지도 않은 건물이 무너져! 당장 황도로 돌아가자!"

모란 남작은 서머를 보자마자 데려갈 생각부터 했다. 그가 경멸에 찬 시선으로 아카데미를 둘러보았다.

"서머!"

뒤늦게 남작 부인도 숨을 헐떡이며 그들 앞에 도착했다. 그녀는 눈물이 그렁한 얼굴로 서머를 끌어안더니 이내 목 놓아 울기 시작했다.

"엄마, 진정하세요."

주변의 시선이 한순간 자신에게로 쏠리자 서머는 부끄러운 한편, 걱정을 끼쳤다는 사실에 일말의 죄책감을 느꼈다.

그가 낮은 음성으로 어머니를 달래며 조심스럽게 등을 쓰다듬었다.

"여기에 있다가는 또 어떤 일이 생길지 모르니 그만 집으로 돌아가자."

한참을 울어대던 남작 부인이 어느 순간 서머의 손을 잡으며 불안한 목소리로 말했다. 그러자 모란 남작이 고개를 끄덕이며 호위기사들에게 명령했다.

"출발한다!"

하지만 서머의 행동이 조금 더 빨랐다. 그가 어머니의 손을 놓으며 단호하게 외쳤다.

"저는 가지 않아요!"

"서머!"

"이미 다 끝난 얘기잖아요. 제가 이곳에서 공부할 수 있게 허락하셔 놓고 이러시는 경우가 어디 있어요."

"그건 여기가 안전했을 때의 얘기다. 방금 전에 그런 큰 사고를 당하고도 여기에 남겠다는 것이냐?"

모란 남작이 어이없다는 듯 자신의 아들을 바라보며 소리쳤다. 서머는 한숨을 내쉬며 설명했다.

"아빠, 제가 공부하는 것과 강당이 무너진 건 별개의 문제예요. 그리고 보시다시피 저는 아무 데도 다치지 않았잖아요."

"그런 일이 또 있지 말란 보장이 없지 않느냐? 외관만 그럴듯하지, 모조리 부실하게 지은 게 틀림없다. 난 내 아들을 이런 위험한 곳에 둘 수 없어!"

이번엔 쉽게 물러날 기색이 아니었다. 모란 남작이 엄한 음성으로 서머를 꾸짖었다.

"아빠 말씀대로 하자꾸나."

언제나 아들의 편을 들어주던 남작 부인도 지금만큼은 남편의 편에 서서 서머를 잡아끌었다.

"어, 엄마……."

강제로라도 데려가려는 그들의 기세에 서머가 당황할 때, 레베카가 나섰다.

"말씀 중에 죄송하지만, 모란 남작님. 무너진 강당은 부실 공사 때문이 아닙니다."
"아니, 레베카 양!"
그제야 그녀의 존재를 알아본 모란 남작과 부인의 얼굴에 당혹감이 스쳤다. 바로 옆에 있는 그녀를 몰라보고 아들만 챙겼으니 민망한 마음이 든 것이다.
레베카는 차분하게 말을 이었다.
"잘은 모르겠지만 강당에서의 사고는 누군가가 고의로 저지른 짓 같아요. 칼리스타 백작이 매우 화가 나서 어떤 남자에게 다가가는 걸 봤거든요."
"남자?"
"네, 칼리스타 백작을 보고는 두려운 듯 벌벌 떨고 있더군요. 잘못을 하지 않았다면 그럴 이유가 없겠죠."
"그게 정말이야, 누나?"
"그런 자가 있었나요?"
자신들도 몰랐던 이야기에 커쉬너와 서머의 눈이 동그래졌다.
"응, 너희는 일층에 있어서 보기 힘들었을 거야. 많이 혼란스러웠으니까."
짧은 시간이었지만 일층은 그야말로 아수라장으로 변했었다. 몸을 피하기에도 급급했던 둘이 남자를 발견하기란 불가능했다.
"하지만 난 이층에서 똑똑히 봤어. 그자는 무언가 큰 죄를 지은 사람처럼 칼리스타 백작을 똑바로 쳐다보지도 못하고 몸을 심하게 떨었어. 무서웠겠지. 칼리스타 백작이 그런 마법을 선보였는데 겁이 안 날 리가 없잖아."

"마법……?"

갑자기 그게 무슨 소리냐는 듯 모란 남작이 이마를 찌푸렸다. 남작 부인도 이해하지 못한 건 비슷했다.

"서머, 이게 다 무슨 소리냐?"

"갑자기 마법이라니?"

반응들을 보아하니 강당이 무너졌다는 소리만 들었지, 그 이후의 상황에 대해선 전혀 듣지 못하고 온 듯했다.

서머는 조금 전 강당에서 있었던 일에 대해 간단하게 설명했다.

잠시 후.

"그, 그게 정녕…… 사실이냐?"

남작 부인은 놀란 듯 말을 잇지 못했고, 모란 남작은 더듬거리며 겨우 입을 열었다.

"네."

서머는 틀림없는 사실이라는 듯 단호히 고개를 끄덕이며 대답했다.

침을 꿀꺽 삼키며 남작이 다시 물었다.

"정말로 칼리스타 백작이 럼블리 백작과 같은…… 5서클의 마법사란 말이냐?"

"믿기 힘드시면 아무나 붙잡고 한번 물어보세요. 강당에 있던 자들 모두가 봤으니까요. 아빠, 전 돌아가지 않아요. 아니, 못 가요. 이곳에서 마법을 배워 꼭 외할아버지와 같은 마법사가 될 거예요!"

칼리스타 백작의 신위가 다시금 떠오르며 서머는 재차 감격에 사로잡혔다.

이대로 돌아갈 수는 없었다. 눈앞에서 그런 마법을 경험하고 어떻게 포기를 한단 말인가?

절대로 그럴 수 없었다.

강한 아들의 의지를 느낀 것인지, 어느새 남작 부인의 얼굴에는 놀라움이 아닌 체념의 빛이 떠올라 있었다.

반면 모란 남작은 여전히 믿을 수 없다는 듯 중얼거렸다.

"어떻게 그런 젊은 나이에……. 허어, 도저히 믿을 수가 없구나."

"카, 칼리스타 백작이다!"

그때 누군가의 커다란 외침이 일행의 정신을 깨웠다. 사람들의 웅성거림을 따라가 보니 그들을 향해 걸어오는 리안의 모습이 보였다.

"눈동자가……."

황금색으로 빛나던 그의 눈동자는 어느덧 본래의 색으로 되돌아가 있었다.

강당에서의 남자를 어떻게 했는지는 몰라도 더 이상 화난 기색도 찾아볼 수 없었다. 다만 어딘지 급박감이 느껴졌다.

"……."

리안이 점점 가까이 다가오자 레베카는 이상하게 몸에 힘이 들어갔다. 근육이 경직되며 알 수 없는 긴장감이 찾아왔다. 그에게 뭐라고 말을 건네야 할지에 대한 걱정까지 들었다.

하지만 그런 걱정은 괜한 기우에 불과했다. 리안이 그녀의 일행을 그냥 지나쳐 버렸기 때문이다.

"영주님, 여깁니다!"

리안이 멈춰 선 곳은 일행의 근처였다. 몰려 있던 사람들이 리안이 도착하자 길을 터주듯 양쪽으로 갈라졌다.

"헉!"

갈라진 사람들 틈으로 보인 것은 온몸에 피칠을 한 듯한 두 명의 환자였다.

처음엔 워낙 몰골이 처참하여 시체인 줄 알았다. 하지만 자세히 보니 미세하지만 떨림이 있었고, 희미하지만 신음소리도 들렸다.

"왜 치료소로 가지 않고 저기에 있는 거지?"

서머는 차마 계속 보지 못하고 눈길을 거뒀다. 대답은 한 호위기사의 입에서 흘러나왔다.

"가망이 없기 때문입니다."

"그게 무슨 소리야. 가망이 없다니? 부상이 아무리 심각해도 노력은 해봐야지."

"도련님, 지금 치료소는 안 그래도 부상자들로 난리가 난 상태입니다. 인력도 부족한 판에 가망 없는 환자를 돌보는 건 시간 낭비일 뿐입니다."

"난 그렇게 생각하지 않아. 목숨이 위태로운 자를 먼저 돌봐야 그만큼 살아날 확률도 높아지는 거 아니야? 이건 옳지 못해!"

서머는 왠지 억울한 기분이 들었다.

죽어가는 사람을 앞에 두고 가망이 없다는 이유로 내버려 둔다는 건 너무 비인간적인 처사였다.

다른 것도 아닌 생명이 왔다 갔다 하는 순간에 그런 비정함이라니. 생전 처음 목도하는 죽음 앞에서 서머는 세상의 부조리함을 실감했다.

"진정해, 서머."

커쉬너였다. 그가 서머의 어깨에 손을 얹으며 나직한 음성을 발했다.

"적어도 칼리스타 백작은 시간 낭비라고 생각하지 않는 것 같으니까."

"응?"

서머는 급히 부상자들을 향해 몸을 돌려세웠다. 두 환자 사이로 자리를 잡는 칼리스타 백작의 모습이 보였다.

"뭐하는 거지?"

"글쎄……."

그는 무척 조심스러운 태도로 몸을 굽힌 채 환자들의 상태를 살피고 있었다.

'설마!'

서머의 눈으로 확인한 것만 해도 상대는 5서클의 대마법사였다. 치료 마법은 그보다 낮은 3서클의 마법.

설마 대부분의 마법사가 등한시여기는 치료 마법을 익힌 것일까?

치료 마법이 인기가 없는 이유는 다른 마법들에 비해 익히기가 까다로운 건 둘째 치고, 필요한 마나의 양은 많으면서 효과는 미미한 탓이었다.

3서클의 마법사가 흔하지도 않을뿐더러, 있다 하더라도 치료 마법은 아예 수련조차 하지 않기 때문에 제국에서 제대로 된 치료 마법사는 찾아보기 힘든 실정이었다.

그런데 지금 눈앞에서 놀라운 장면이 연출되고 있었다.

"저, 저건!"

다시금 칼리스타 백작의 몸에서 금빛 마나가 솟구쳤다. 그의 머리칼과 옷자락이 바람에 나부끼며 온몸이 황금빛 광채에 휩싸였다.

"와아……!"

모든 사람들이 입을 벌린 채 멍하니 그 모습을 지켜봤다. 커쉬너와 서머도 뛰는 가슴을 진정시키며 리안의 동작 하나하나를 놓치지 않으려고 애썼다.

리안은 양손을 벌려 각기 환자들의 배 위에 얹었다. 그러자 기다렸다는 듯 금빛 마나가 리안의 손을 타고 그들에게로 전해졌다.

마치 밀물이 몰려오듯 황금색 물결이 천천히 그들의 몸을 덮쳤다.

"하악."

고통은 아닌 이상야릇한 신음소리가 환자들의 입에서 흘러나왔다. 그들의 몸이 가늘게 떨리며 어떤 반응을 보였다.

그리고 금빛 마나가 그들의 전신을 완전히 뒤덮었을 때, 또다시 칼리스타 백작의 눈이 황금색으로 변했다.

'금안의 마법사…….'

레베카는 자신도 모르게 속으로 그렇게 되뇌었다. 가까이에서 본 리안의 모습은 소름이 끼칠 정도로 그녀에게 강렬한 인상을 심어 주었다.

인간이 이렇게도 아름다워 보일 수 있단 사실에 그녀의 몸이 떨렸다.

두고두고 잊지 못할, 지금껏 보았던 어떤 것보다 경이롭고 위대한 순간이었다.

"사, 살아난다! 혈색이 좋아지고 있어!"

방금 전까지만 해도 죽어가던 환자들의 낯빛에 붉은 기가 돌아오고 있었다. 가냘프던 숨소리에도 힘이 붙었고, 흐리멍덩한 눈빛도 점차 생기를 찾고 있었다.

"믿기지가 않아."

"나도……. 어떻게 저럴 수가 있지?"

커쉬너와 서머는 자신들의 눈을 의심했다. 그들이 지금까지 알고 있는 치료 마법이란 저렇듯 한순간에 환자의 상태를 바꿔놓을 수는 없었다.

부상이 저 정도로 심한 환자라면 모든 마나를 쏟아부어도 간신히 숨을 붙어 있게 하는 것이 최선이었다. 성공하지 않을 수도 있고 말이다.

그런데 칼리스타 백작은 그것을 뛰어넘어 상처까지 치료하고 있었다. 그것도 두 명을 한꺼번에.

부러진 팔다리가 정상으로 돌아온 데다가, 내장이 튀어나올 정도로 찢겨져 있던 부위가 어느 틈엔가 아물어 버렸다.

자잘한 상처들이 여전히 눈에 띄었지만 상태는 이미 호전되고 있었다.

"세상에……."

믿을 수가 없다.

저런 치료 마법이 존재한다는 건 이제껏 들어보지 못했다.

"슬립."

마지막으로 정신적 충격이 컸을 환자들을 위해 잠을 재우고 나서야 칼리스타 백작은 모든 일을 마쳤다는 듯 일어섰다.

"치료소로 데려가라."

리안을 대신해서 라키아가 명령했다. 리안의 신비한 능력에 잠시 정신을 놓고 있던 인부들이 화들짝 놀라며 급히 들것으로 환자들을 옮겼다.

"괜찮으십니까?"

리안의 안색은 치료 마법을 시전하기 전과는 확연히 달라져 있었다. 주변 시선 때문에 말을 높이고는 있지만, 라키아의 음성에는 질책이 담겨 있었다.

그토록 숨겨오던 마법을 사람들을 구하겠다고 만천하에 공개한 것으로도 모자라, 이번에는 부상자를 살려보겠다고 무리하게 치료 마법까지 구현했다.

리안의 실력에 대해 완전히 알지는 못해도 이미 한도를 넘었다는 것만은 확실했다.

아마 여기서 더 무리를 했다간 다음번에는 리안이 쓰러지리라.

창백해진 얼굴하며 파랗게 변해 버린 입술이 라키아의 신경을 곤두서게 했다.

"조금 어지럽긴 한데 괜찮아."

애써 웃고 있지만 목소리에 힘이 하나도 없었다. 라키아는 말없이 리안에게로 다가가 한쪽 팔을 잡았다.

"이러지 않아도 돼. 나 혼자 걸을 수 있어."

"가만히 계십시오."

리안이 팔을 빼내려고 했으나 라키아의 힘을 이기기란 애초부터 불가능했다. 그건 멀쩡할 때도 힘든 일이었다.

더욱이 말투만 들어도 리안은 라키아가 화가 났음을 알 수 있었다. 무표정한 얼굴을 하고 있지만, 눈빛은 식을 대로 식어 있었고 입가가 굳어 있었다.

'훗.'

하여튼 걱정하는 것도 참 그다웠다.

몸은 피곤하지만 큰 사고에도 불구하고 사망자가 한 명도 없다는 것과, 이렇게 옆에 자신을 염려해 주는 라키아가 있다는 것에 리안은 새삼 감사한 마음이 들었다.

강당이 무너지는 순간에는 걷잡을 수 없는 분노가 치솟았지만, 사고가 더 이상 커지지 않아서 정말 다행이었다.

"라키?"

그때 갑자기 라키아의 손에 붙들린 팔뚝에서 강한 힘이 전해졌다.

보통 사람보다 머리 하나는 더 큰 라키아이기에 리안이 그를 보기 위해선 고개를 높이 쳐들어야 했다.

'응?'

라키아는 잔뜩 찌푸려진 얼굴로 어딘가를 바라보고 있었다. 리안이 그 시선을 따라가 보았지만, 워낙 많은 사람이 있는데다가 기력을 소진한 탓인지 무엇을 보고 있는지 알 수가 없었다.

아마 평소의 리안이었다면 쉽게 발견하고도 남았을 것이다. 상대는 그만큼 눈에 확 띄었다.

일단 라키아와 비슷할 정도의 매우 큰 장신의 소유자였다.

"……!"

온몸을 흑빛으로 도배한 회색 머리칼의 사내를 보고 라키아는 오랜만에 전신에 긴장감이 찾아왔다.

특이한 자였다.

마나 장악력에는 감지가 되지만, 어느 정도의 기운을 품고 있는지에 대해서는 전혀 느껴지지가 않았다.

마치 안개가 낀 것처럼 무언가 있다고만 전해질 뿐 확실하게 보이는 것이 아무것도 없었다.

무엇보다 긴 앞머리 탓에 한쪽만 드러난 검은 눈동자.

칠흑처럼 까만 그 눈빛에서 라키아는 알 수 없는 섬뜩함을 느꼈다. 마치 무엇이든 다 꿰뚫어 볼 것만 같은 눈이었다.

리안이 마나를 모두 소진하고 힘을 쓰지 못하는 이때, 갑작스레 나타난 사내의 존재가 라키아의 온 신경을 건드렸다.

아사라도 있었다면 리안을 맡겨두고 놈을 상대했겠지만, 녀석은 지금 리안의 부탁으로 알만을 돕는 중이었다.

"……."

라키아는 이대로 가만히 있을 것인가, 먼저 다가갈 것인가 잠시 고민했다. 내버려 두기에는 상대가 너무 꺼림칙했기 때문이다.

주변의 사람들만 아니라면 그는 당장이라도 리안에게 달려들 기세였다. 눈빛으로 보아 절대 좋은 일 때문은 아니었다.

'어?'

그때 별안간 사내가 몸을 획 돌렸다.

그리곤 조금의 망설임도 없이 긴 머리칼을 휘날리며 빠르게 시야에서 멀어져 갔다.

"라키?"

사내가 완전히 사라지고 나서야 라키아는 긴장을 풀었다. 리안의 목소리도 그제야 들려왔다.

"네, 영주님."

"갑자기 무슨 일이야?"

"아무것도 아닙니다."

지금 리안에게 필요한 건 휴식이었다. 괜한 소리를 해서 머리를 복잡하게 하느니 모르는 게 나았다.

"마차를 준비했습니다."

리안이 무리할 줄 미리 알기라도 한 듯 때마침 엘이 마차와 함께 나타났다.

라키아가 그녀의 안내에 따라 리안을 부축하며 걷자 사람들이 약속이라도 한 듯 물러서며 길을 터주었다.

"상황은 좀 어떤가요?"

이대로 성으로 돌아가는 것이 리안은 못내 마음에 걸렸다. 힘을 과하게 쓴 건 사실이지만 그에겐 드래곤의 호흡법이 있었다.

잠시 안정을 취하면서 호흡을 하면 손실된 마나는 금방 회복할 수 있었다.

중급 마법을 오늘처럼 연이어 사용해 본 적이 처음이긴 해도 리안은 걱정하지 않았다. 용언마법의 힘을 믿었다.

하지만 라키아와 엘의 생각은 다른 듯했다.

"알만 집사님께서 신속하게 정리하고 계십니다. 제게 백작님을 부탁하시더군요. 당분간 이곳 일은 잊고 그냥 쉬시는 것이 좋겠습니다."

"맞습니다. 이쪽 일은 잠시 잊으십시오. 알만의 능력이야 영주님께서 가장 잘 아시지 않습니까? 별 탈 없이 처리할 겁니다."

"다친 사람들이 많아. 치료소에 다시 가봐……."

"매들린을 못 믿으시는 겁니까? 다 죽어가는 저를 살린 녀석입니다. 알만이 알아서 지원해 줄 테니 그쪽도 신경 끄십시오."

리안은 거의 끌려가다시피 마차에 올랐다. 마부가 누군지는 몰라도 마차의 문이 채 닫히기도 전에 채찍 소리가 들렸다.

"아, 저기 그래도……."

리안은 무어라 더 말하고 싶었지만, 라키아의 사나운 눈빛 앞에 조용히 허물어졌다.

그래, 잠시 쉬는 것도 나쁠 것 없었다.

강당을 무너뜨린 의문의 사내.

음산한 마나를 지닌 그자에 대해 알아보는 것도 이곳 일만큼이나 중요하다.

창밖을 바라보는 리안의 눈동자가 다시금 차갑게 식었다.

"이러고 있을 때가 아니다. 부인, 어서 올라갑시다!"

리안이 탄 마차가 떠나는 것을 멍하니 지켜보던 모란 남작은 어느 순간 정신이 번쩍 들었다.

5서클 대마법사의 출현은 그야말로 엄청난 소식이었다. 그런 정보를 다른 이들에게 듣게 할 수는 없다. 그가 직접 공작에게 전해야 했다.

"서머……."

그런 남편의 마음을 모르는 것은 아니지만, 남작 부인은 아직 아들의 대한 미련이 남아 있었다.

정말로 누군가가 고의로 건물을 무너뜨린 거라면 그런 일이 다시 또 일어나지 말란 보장이 없지 않은가.

그녀는 그런 위험한 곳에 하나뿐인 아들을 두고 갈 수 없었다.

"오늘은 우선 우리 먼저 갑시다. 서머는 내가 곧 불러올리겠소."

모란 남작도 서머가 걱정이 되기는 마찬가지였다.

하지만 지금 당장은 같은 사고가 반복될 리 없고, 가장 시급한 건 공작을 만나는 것이었다.

"편지 드릴게요."

결국 끝까지 고집을 부리던 남작 부인도 호위기사 몇몇이 남아 서머를 지키겠다는 말에 단념하고 힘겹게 마차에 올랐다.

"이랏!"

남작의 마차가 올 때와는 비교조차 할 수 없는 속도로 황급히 아카데미를 벗어났다.

그것은 비단 남작만이 아니었다.

뒤늦게 정신을 차린 몇몇 귀족들이 소식을 알리기 위해 부리나케 마차에 오르는 모습들이 속속 보이기 시작했다.

분위기에 동화된 것일까.

아카데미 안을 가득 메우고 있던 일반 사람들도 어느덧 서서히 빠져나가고 있었다.

"누나는 안 가?"

커쉬너가 레베카에게 물었다. 그야 아카데미의 학생으로서 이곳에 남아야 하지만 그녀는 아니었다.

다른 귀족들처럼 서두르지 않는 그녀가 커쉬너는 의아했다.

"내가 왜?"

"타운젠드 공작님께 알려드려야지."

"그건 굳이 내가 아니어도 알릴 사람은 많아."

"그거야 그렇지만……."

"커쉬너, 난 여기가 무척 흥미로워. 아무래도 당분간은 이곳에 머물러야 할 것 같아. 잘 부탁해."

며칠 뒤면 이곳으로 황제와 황후가 온다는 것을 레베카는 알고 있었다. 그들 때문이라도 칼리스타 백작은 영지를 떠나지 않을 것이다.

가까이에서 그를 조금 더 살펴보고 싶었다.

칼리스타 백작이 어떤 사람인지 아직 레베카는 정의를 내리지 못했다.

제2화 황제의 방문

“히잉, 책임지세요!”

“테라, 그만 좀 해. 스승님 피곤하시겠다.”

“바이런 형은 억울하지도 않아? 무려 토네이도 마법이었다고. 바로 코앞에서 그걸 놓쳐 버렸다니 이건 정말이지 말도 안 돼!”

“이미 지나간 일이야. 흥분 가라앉히고 제발 좀 앉아.”

키다리 테라가 소파 앞을 계속 왔다 갔다 하는 통에 바이런은 정신이 다 없었다.

“로이드 형, 형도 뭐라고 말 좀 해봐. 스승님께서 우리에게 조금만 힌트를 주셨더라면 이런 안타까운 일은 벌어지지 않았어. 안 그래?”

"테라, 그만하라니……?"
"저……."
갑자기 말소리가 들리는 바람에 바이런은 말을 다 잇지 못했다. 그는 물론이고 함께 있던 세 남자의 고개가 빠르게 문을 향해 꺾였다.
범인은 메이드 복장을 한 귀엽고 앳된 용모의 하녀였다.
"죄송합니다. 노크 소리를 듣지 못하신 듯하여……."
그녀가 네 남자의 시선에 놀란 듯 바로 들어오지 못하고 문 앞에서 머뭇거렸다.
바이런이 테라를 향해 눈을 흘겼다.
"이제 네가 얼마나 시끄럽게 떠들었는지 잘 알겠지? 어서 들어오세요."
바이런의 손짓에 하녀가 고개를 숙이며 안으로 들어왔다. 그녀의 손에는 일행을 위한 찻잔 네 개가 들려 있었다.
"후음, 스승님께서 좋아하시는 라임차인가 봅니다."
아직 잔에는 따르지 않았지만 바이런은 향기만으로도 알 수 있었다.
"그렇구나."
지금껏 제자에게 시달리느라 곤욕스러워하던 럼블리 백작의 얼굴에 미소가 피었다.
이제 막 도착한 그에게 라임차를 내온다는 건 미리 준비를 했다는 뜻이었다. 작지만 세심한 리안의 배려가 백작은 고마웠다.

"식사는 일층의 식당으로 오시면 언제든지 드실 수 있습니다. 그 외에 불편하거나 필요한 것이 있으시면 저쪽의 녹색 줄을 당겨 주세요."

하녀는 정중히 인사를 한 후 나갔다. 안에는 또다시 네 명의 남자들만이 남았다.

"스승님! 이제……."

"테라."

테라의 입에서 다시금 스승을 향한 원망이 쏟아질 때, 이제껏 조용하던 로이드가 나직한 음성으로 그를 불렀다. 그리곤 엄한 눈빛으로 테라를 바라보며 고개를 가로저었다.

"치."

바이런의 말은 듣는 둥 마는 둥하던 것과는 달리 테라가 입을 삐죽이며 자리에 앉았다.

로이드, 바이런, 테라.

셋은 모두가 럼블리 백작의 제자로, 그중 로이드와 바이런은 서른세 살의 동갑내기들이었다.

하지만 로이드가 백작의 첫 번째 제자인데다가 진중한 성격을 가져선지, 막내로 들어온 테라는 그의 말이라면 군소리 없이 잘 듣는 편이었다.

그제야 비로소 조용해지는 테라를 보고 럼블리 백작은 로이드를 향해 고맙다는 눈빛을 보냈다. 그리고 조금은 늦은 고백을 시작했다.

"너희들에게 말하지 못한 이유는 칼리스타 백작님께서 그러길 원하셨기 때문이다. 이제라도 알게 되어 내 속이 얼마나 편한지 너희들은 모를 것이다."

"스승님께선 언제부터 아신 겁니까? 그가 정말 5서클의 마법사인 것이 사실입니까?"

이미 현장에 있던 사람들에게 수없이 들었지만 로이드는 스승의 입을 통해 직접 확인하고 싶었다.

그는 물론 바이런과 테라 모두 스승인 럼블리 백작의 명을 받고 억지로 아카데미의 선생으로 부임했다.

원래대로라면 선생으로서 입학식에 참석하는 것이 마땅하지만 셋 다 핑계를 대고 불참했다.

참석을 강요하면 어쩌나 걱정하던 것과는 달리, 아카데미 측에선 순순히 그들의 말을 들어주며 앞으로도 학생들의 수업에만 신경을 써달라는 부탁을 했다.

당시에는 귀찮게 하지 않는다며 좋아했지만 지금은 그날의 결정을 뼈저리게 후회하고 있는 중이었다.

바로 눈앞에서 중급 마법을 견문할 기회를 놓쳤으니 그 속이 오죽하겠는가.

세 사람 다 요 며칠 잠도 제대로 자지 못했다.

선생으로 오기 전 스승님은 그러셨다.

당장은 야속하겠지만 나중엔 당신을 이해할 날이 있을 거라고. 그때까지만 참고 당신의 말을 들어달라고.

입학식에서 사고가 터지고 나서야 세 제자는 스승의 그 말을 이해할 수 있었다.

"그는 5서클의 마법사가 아니다."

"예?"

로이드는 눈을 둥그렇게 떴다. 바이런과 테라도 그게 무슨 소리냐는 듯 얼굴 가득 주름을 만들었다.

칼리스타 백작이 5서클 마법사라는 게 믿기 힘든 건 사실이지만, 스승의 입에서 부정의 말이 튀어나온 것도 예상 밖이었기 때문이다.

강당에 있던 사람 전부가 모조리 같은 말을 했다. 그들이 안 믿으려야 안 믿을 수가 없었던 것이다.

"아니라고요?"

리안이 대마법사란 소식에 가장 흥분했던 테라가 실망스럽다는 듯 울상을 지었다.

하지만 다음 순간 그의 울상은 씻은 듯 사라졌고, 대신 입이 쩍 벌어졌다.

"그는 5서클이 아니라…… 6서클 마법사다."

"스승님…… 농담이시죠?"

언제나 유쾌한 바이런의 얼굴에도 어울리지 않는 긴장감이 돌았다.

난데없이 6서클 마법사라니.

"하핫."

실소까지 터졌다.

"믿기지 않겠지. 나도 그랬다. 그가 내 앞에서 미라지 마법을 펼치지 않았다면 아마 지금도 믿지 않았을 것이다. 아니, 모르고 있었겠지."

럼블리 백작은 새삼 리안을 처음 만났던 날이 떠올랐다.

그때 얼마나 놀랐던가.

백작이 받았던 충격은 지금의 제자들이 받은 충격과는 그 무게 자체가 달랐다.

제국의 제일가는 마법사로서, 황실 마법사의 수장으로서 그가 받은 충격은 말로 설명할 수조차 없었다.

"저, 정말이세요?"

"틀림없는 사실이다."

더듬거리며 묻는 테라에게 럼블리 백작은 고개를 끄덕이며 덤덤히 대답했다.

"그런 일을 지금껏 숨기신 이유가 무엇입니까?"

동요를 애써 숨기고 있지만 로이드의 음성은 흔들리고 있었다. 백작은 한숨을 내쉬며 설명했다.

"아까와 같은 이유다. 칼리스타 백작님은 알려지길 원치 않으시더구나."

"대단한 신비주의군요."

6서클 마법사라면 지난 이백 년간 제국뿐 아니라 전 대륙에서도 찾아볼 수 없는 귀한 인재였다. 다들 인간이 오를 수 있는 마법의 한계는 5서클이라고 단정지은 지가 옛날이다.

그런 엄청난 실력을 지닌 자가 지금껏 아무에게도 말하지 않고 홀로 조용히 지냈다는 것에 셋은 모두 기가 막혔다.

"스승이 누구랍니까?"

바이런의 물음에 다시 시선이 집중되었다. 모두가 궁금했다. 도대체 어떤 자가 그런 괴물을 길러냈는지 심장이 두근거렸다.

"모른다."

"네?"

"물어보았지만 말씀하기를 꺼려하시는 눈치더구나."

"그래도 끝까지 여쭤보셨어야지요."

"조언을 받기 위해선 어쩔 수가 없었다."

"조언이라니요?"

먹이를 발견한 들짐승처럼 테라의 눈이 순간 번쩍였다. 그가 어깨를 낮추며 백작에게로 얼굴을 들이밀었다.

아무것도 묻지 않는 게 조건이라던 그날의 약속에 대해 백작은 짤막하게 설명했다.

"덕분에 이 스승도 작은 진전을 볼 수 있었다."

마법사에게 진전이란 그것이 크든 작든 고위 서클과 좀 더 가까워졌다는 소리다.

제자들의 눈에 부러움이 스치는 것을 보며 백작이 말을 이었다.

"이제서야 말하게 되는구나. 칼리스타 백작님은 너희들에게도 조언을 약속하셨다."

"저희들에게요?"

"선생으로 와준 것에 대한 보답이라고 하였다. 그러니 기대해도 좋을 것이다."

"우와, 이게 웬 횡재야! 아싸!"

테라가 벌떡 일어나 껑충껑충 방 안을 뛰어다녔다. 스승을 원망하던 모습은 사라지고 없었다. 연신 환호성을 터뜨리며 기뻐하는 모습이 꼭 십 대 소년을 보는 듯했다.

"휘이익~"

바이런은 어깨를 으쓱이며 휘파람을 부는 것으로 기쁨을 표현했다.

평소 조용한 편인 로이드도 눈을 크게 뜨며 기쁜 기색을 숨기지 못하고 있었다.

대마법사를 스승으로 둔 그들이기에 조언이란 것이 얼마나 대단하고 중요한 것인지 매우 잘 알고 있었다.

아무리 애를 써도 풀리지 않는 것이 스승의 가르침 하나에 해결된 적이 한두 번이 아니었다.

자신들에게 이런 기회를 만들어 준 스승의 존재에 그들은 진심으로 감사했다.

"고마워요, 스승님!"

테라가 럼블리 백작의 품으로 뛰어들었다.

"어이쿠."

삐쩍 말랐지만 큰 키 때문에 늘 부담스럽다고 말을 해도 도무지 고쳐지지 않는 버릇이었다.

"테라, 스승님 숨 막히신다."

바이런이 여느 때처럼 억지로 테라를 떼어냈다. 불만스럽다는 듯 테라가 바이런을 흘겨보았지만 녀석의 입은 웃고 있었다.

"너희들이 알아서 잘 하겠지만, 칼리스타 백작님의 한마디 한마디를 놓치지 말고 전부 새겨들어야 할 것이다. 4서클의 마법사가 되는 길이 그 말 속에 들어 있을지 모른다."

"네, 스승님."

"명심하겠습니다."

"그리고 오늘 내가 한 말은 너희들만 알고 있어라. 칼리스타 백작님은 알려지길 원치 않을 테니."

리안에게 물어보지는 않았지만 럼블리 백작은 그럴 거라고 확신했다.

5서클과 6서클은 천지 차이다. 안 그래도 두 공작이 촉각을 곤두세우는 이때, 리안의 실력이 모두 공개되는 것은 좋지 못하다고 그는 판단했다.

"스승님이 그러라고 하시니 그렇게는 하겠는데요. 저는 좀 이상합니다."

로이드였다. 기쁜 기색은 어디가고 그가 진지해진 눈빛으로

스승을 바라봤다.

"무엇이 말이냐?"

"칼리스타 백작의 나이가 정말 스무 살이 맞습니까?"

"내가 확인한 바로는 그렇다."

"혹 스승님처럼 마법으로 얼굴을 숨긴 것은 아니고요?"

"그랬다면 내가 모를 리가 없지 않느냐."

아무리 6서클의 마법사라도 마법으로 외형을 바꿨다면 어느 정도는 티가 나게 되어 있다.

9서클의 폴리모프 마법이라도 익혔다면 모를까. 환각 마법을 시전했다면 5서클 마법사인 럼블리 백작의 눈을 피해가기란 어려웠다.

그것은 마법사인 로이드도 당연히 아는 사실이었다. 그가 알면서도 그런 질문을 한 것은 모든 것을 비밀리에 부치려는 리안의 태도가 수상한 탓이다.

그에게 마법을 배우게 된 것은 분명 기꺼운 일이지만 어쩐지 개운하지 않은 느낌이랄까.

"비밀이 너무 많은 것이 전 왠지 의심스럽습니다. 스승이 누군지 밝히지 않는 것도 그렇고요. 대체 왜 그래야 하는 겁니까?"

"그건 그래."

"무슨 까닭일까요?"

바이런과 테라도 고개를 끄덕이며 동조했다.

그러나 럼블리 백작이라고 그 이유를 알 리 없다. 궁금하기는 그도 마찬가지였다.

하지만 리안이 먼저 말하지 않는 이상 알 방법은 없었다. 지금 중요한 건 일단 그에게 마법을 배워야 한다는 것이었다.

"언젠가 말씀하실 날이 있으시겠지. 그때까지 너희들은 학생들을 가르치는 것에 전념하면서, 수련에도 박차를 가하는 것이 좋겠구나."

"생각해 보면 아카데미의 이름도 뜬금없습니다."

스승의 말에 고개를 끄덕이면서도 로이드는 찜찜한 기색이었다. 다시금 시선들이 모였다.

"이름은 또 왜?"

"아카데미의 이름은 지금껏 설립자의 가문이라던가, 위인의 이름에서 따오곤 했습니다. 그런데 세이프리드라니요. 엉뚱하지 않습니까?"

"세이프리드가 어때서?"

테라는 아무것도 떠올리지 못했지만 럼블리 백작과 바이런은 아니었다.

"그러고 보니……."

"왜, 그게 뭔데?"

바이런이 혀를 차며 한심하다는 듯 테라를 돌아봤다.

"넌 마법사란 놈이 그것도 모르냐?"

"들으면 알지도 몰라."

"뻔뻔하기는."

"나 뻔뻔한 거 이제 알았어? 얼른 말이나 해봐."

"골드 드래곤 이름이잖아, 이 멍청아."

"골드 드래곤? 아! 그러고 보니 정말 그러네? 근데 그게 어때서?"

아카데미에 드래곤의 이름을 사용한 것이 독특하긴 하지만 테라는 전혀 이상하게 생각되지 않았다.

이름이라는 것이 원래 짓는 사람 마음이지 않은가?

"로이드 형이 모르는 모양인데 드래곤의 이름을 딴 건 많아. 그리고 칼리스타 백작이 키우는 기사단의 이름도 드래곤 기사단이던걸?"

"그래?"

"아무래도 마법사니깐 드래곤에게 호의적인 모양이야. 뭐, 그건 나도 동감이지. 헤헤."

인간의 마법은 먼 옛날 드래곤으로부터 전해졌다고 한다. 어린 시절 그 이야기를 듣고 테라는 드래곤이란 생명체에 호감을 느꼈었다.

완벽한 마법이라는 용언마법을 구사하는 그런 위대한 존재가 종족 간의 갈등으로 이 땅에서 사라졌다는 것은 지금 생각해도 참으로 안타깝다.

'후후, 세이프리드라.'

갑자기 테라는 그 이름이 정감 있게 들려왔다.

“하긴, 마법사이니 그럴 수도 있겠네.”

바이런이 그럴듯하다며 고개를 주억였다. 럼블리 백작과 로이드도 말은 없었지만 표정을 보니 어느 정도 납득한 기미였다.

마법 아카데미를 표방하는 만큼 어울리는 이름이기도 했다. 테라만큼은 아니지만 그들도 마법의 정점에 서 있던 드래곤에게 선의의 감정을 갖고 있었다.

“스승님, 언제쯤 소개시켜주실 거예요?”

테라는 칼리스타 백작과 한시라도 빨리 만나보고 싶었다. 먼발치에서 본 적은 있지만 대화를 나눠본 적은 아직 한 번도 없었다.

그는 어떤 사람일까?

기대감에 테라의 눈이 반짝반짝 빛을 발했다.

“내일 중으로 시간을 내보도록 하마. 지금은 폐하께서 막 도착하셨기 때문에 아마 정신이 없으실 게다. 나도 이만 가봐야겠구나.”

제자들에게 억지로 끌려온 탓에 럼블리 백작도 리안과 제대로 인사조차 하지 못한 상태였다. 그도 제자들만큼이나 리안에게 궁금한 것이 많았다.

무너지는 강당 속에서 사람들을 구하고, 죽어가는 환자를 치료 마법으로 단숨에 살려놓았다는 말을 들었다.

과장이 어느 정도 섞였겠지만 그들의 말을 반만 믿어도 리안의 능력은 거의 신의 경지였다. 그 광경을 직접 보지 못한 것이 백작도 몹시 아쉬웠다.

리안을 만나기 위한 그의 걸음이 빨라졌다.

*　　　*　　　*

리안은 두 명의 사내와 마주앉아 있었다. 한쪽은 구면이었고, 다른 한쪽은 처음 보는 자였다.

"오랜만입니다, 칼리스타 백작님."

먼저 말을 꺼낸 이는 로스 백작이었다. 그가 이전과는 다른 시선으로 리안을 훑어보며 말을 높였다.

리안은 비웃지 않으려고 애썼다. 로스 백작을 처음 만났던 날 그에게 받았던 무시와 냉대가 문득 떠올랐다.

자신을 보며 그는 과연 무슨 생각을 하고 있을까?

모르긴 몰라도 속이 편하지는 않으리라.

리안은 만면에 웃음을 띠고 그를 대했다.

"네, 로스 백작님. 5년 만이던가요?"

리안이 5년 전 그때처럼 상냥한 미소를 짓자 로스 백작의 눈가에 안도의 기색이 잠시 돌았다가 사라졌다.

리안의 존재가 마음에 드는 것은 아니지만, 어쨌건 상대는 황후의 오라비이자 황제의 처남이었다. 리안과 껄끄러워봤자 그에게 좋을 건 없었다.

"반역자 라키아를 쫓을 때니 아마 맞을 겁니다. 그러고 보니 그때는 미처 인사를 드리지 못했군요. 칼리스타 백작님의 도움으로 쉽게 일을 마무리 지을 수 있었습니다."

"제가 한 것도 없는 걸요."

"황궁 기사단이 편히 쉴 수 있도록 해주시지 않았습니까. 덕분에 폐하의 명을 무사히 마칠 수 있었습니다."

5년 전 인사조차 없이 떠난 것이 이제 와 걸리기라도 한 걸까. 로스 백작이 어울리지 않는 미소를 지으며 뒤늦은 인사치레를 건넸다. 마음에도 없는 말 때문에 그의 입가에는 경련이 일고 있었다.

훗날 라키아가 복권되면 어떤 표정을 지을지 벌써부터 궁금해지는 순간이었다.

"라키아의 시신이 발견된 곳이 이 근처입니까?"

리안과의 간단한 인사 후 묵묵히 차만을 마시던 사내가 갑자기 물었다.

'이름이 크리스였던가.'

얼굴을 마주하는 건 오늘이 처음이지만 라키아를 통해 몇 번 들은 적이 있었다.

황제의 호위를 전담하는 근위 기사단의 단장, 크리스 폰 윈체스터 백작.

그를 가리켜 라키아는 제국에서 자신 다음으로 검술이 뛰어난 자라고 하였다. 럼블리 백작과 더불어 자신이 유일하게 황제를 안심하고 맡길 수 있는 자라고.

그래서일까?

그를 향한 리안의 눈에는 호의가 가득했다.

윈체스터 백작은 불혹의 나이가 믿기지 않을 만큼 얼굴이 무척 젊어 보였다.

날씬한 몸매는 그의 날렵함의 정도를 말해 주었고, 단단한 근육과 매서운 눈빛은 그가 결코 만만치 않은 자임을 드러내고 있었다.

나이 차이에도 불구하고 라키아는 그를 가리켜 최고의 친구라고 말하곤 했다. 그리고 그건 윈체스터 백작 또한 다르지 않은 듯했다.

지금만 하더라도 라키아의 애기가 나오자 눈을 빛내며 묻고 있지 않은가.

리안은 고개를 끄덕이며 대답했다.

“네, 제 영지는 아니지만 가까운 곳입니다.”

“금방 다녀올 수 있는 거리인가요?”

“말을 타고 왕복 두 시간이면 충분할 겁니다.”

황제를 호위하는 근위 기사단의 단장으로서 항시 황제 곁에 머물러야 하는 것이 원칙이지만, 그래도 크리스는 여기까지 와서 친우의 마지막 발자취가 있는 곳을 가보지 않을 수 없었다.

현재 황제께서 머무시는 곳은 안전한 성이고, 황궁 제1기사단까지 함께 있으니 위험 부담도 적었다. 지금이 적기였다.

‘이번 한 번만 용서하십시오, 폐하.’

크리스가 마음을 굳히며 물었다.

“거기가 어딘지 제게 자세히 말씀해 주실 수 있겠습니까?”

“말로 설명드리기가 조금 애매합니다. 원하신다면 제가 사람을 시켜 안내하도록 하겠습니다.”

“그래주신다면 저야…….”

“이보게, 크리스.”

크리스가 화색을 띠며 대답할 때, 로스 백작이 인상을 쓰며 끼어들었다.

“듣자듣자 하니 자네 생각이 없군. 라키아가 어떤 죄를 지었는지 잊었나? 놈은 반역을 저질렀어. 거기에 도망까지 쳤지. 아무리 자네가 놈과 친했기로서니 어찌 그곳을 가려 한단 말인가?”

“죽은 사람이라고 함부로 말하지 말게. 라키아는 절대 반역 같은 건 저지르지 않았어. 그건 누구보다도 내가 가장 잘 알아!”

“허허, 5년이나 지났는데 아직도 그 소리인가?”

로스 백작이 기가 차다는 듯 고개를 저었다. 잠잠하기에 포기한 줄 알았더니 그는 여전했다.

“말하면 무엇 하겠나.”

크리스도 더 이상 말하고 싶지 않다는 듯 고개를 돌렸다.

“경솔한 짓 하지 말게. 만일 자네가 정말로 그곳에 간다면, 내가 두고 보지만은 않을 것이니.”

"……."

크리스는 대답하지 않았다. 하지만 그가 다시 물어올 것임을 리안은 직감했다.

두 백작의 냉전으로 잠시 방 안에는 정적이 감돌았다.

그때 마침 문이 열리며 라테스가 등장했다.

"많이 기다렸나?"

젖은 머리칼 때문인지 황제의 붉은 머리칼이 더욱 짙게 보였다. 그가 웃으며 방 안을 가로질러 걸어왔다.

"아닙니다, 폐하. 이쪽으로 앉으십시오."

리안은 서둘러 자리에서 일어나 라테스를 상석으로 안내했다. 크리스와 로스 백작도 급히 몸을 일으켜 예를 갖췄다.

"씻으시는 데 불편하신 점은 없으셨습니까?"

"불편하기는, 아주 편했네. 욕실에서 내려다보는 경치가 참 좋더군."

이제 막 리안의 영지에 도착한 황제는 먼저 목욕부터 하고 오는 길이었다.

오래간만에 따듯한 물에 몸을 담가서인지 여행 중 쌓인 피로가 싹 사라지며 기분이 매우 상쾌했다.

"그보다 오다가 들었네. 입학식 도중 건물이 무너졌다고."

황제의 얼굴에서 순식간에 웃음기가 사라졌다.

"네, 사고가 좀 있었습니다."

"다친 곳은 없는가?"

"저는 괜찮습니다만 부상자들이 많습니다."
"저런……."
예상은 했지만 안타까운 것은 어쩔 수가 없었다. 황제가 애도하듯 잠시 눈을 감았다 떴다.
"다행히 사망자는 없습니다. 그러니 너무 염려하지 마십시오."
"죽은 자가 한 명도 없다는 건가?"
리안이 마법으로 사람들을 구했다는 얘기는 라테스도 들어서 알고 있었다. 장한 일을 했다며 레지나와 함께 얼마나 뿌듯해하였던가.
하지만 그래도 그렇지, 그렇게 많은 사람이 모인 곳에서 그런 큰 사고가 났는데 아무도 죽지 않았다니 믿어지지가 않는다.
"네, 폐하. 운이 좋았습니다."
리안이 겸양을 떨고 있지만 그를 향한 라테스의 눈빛은 많이 달라져 있었다.
이제야 비로소 리안이 럼블리 백작보다 높은 경지의 마법사라는 게 실감이 된다고 할까.
함께 있던 크리스와 로스 백작도 놀람을 애써 숨기며 탐색하듯 리안을 바라봤다.
"처남이 그곳에 있었던 게 천만다행이군. 활약은 잘 들었네."

"과찬이십니다."

"그래, 흉수는 어떤 자였나?"

대부분의 사람들은 부실한 공사로 건물이 무너졌다고 생각하겠지만 라테스는 아니었다.

그건 리안의 영지를 조금만 돌아봐도 금방 알 수 있었다. 이토록 훌륭한 영지를 경영하는 자가 중요한 행사가 치러질 대강당을 성의 없이 지을 리가 없었다.

누군가가 고의로 무너뜨렸음을 라테스는 이미 간파했다.

리안은 사실대로 고했다.

"웬 사내를 한 명 잡긴 하였는데 아직 누군지는 밝혀내지 못했습니다."

"사내?"

"네, 상태가 온전치 못하여 현재 두고 보는 중입니다."

"상태가 온전치 못하다니, 무슨 소린가?"

거대한 강당을 사고처럼 위장하여 무너뜨린 자였다. 그건 멀쩡한 사람도 하기 힘든 일이다.

"그자가 다치기라도 하였나?"

"외상은 전혀 없습니다. 그저 정신이 좀……."

"정신이 어떻다는 건가?"

똑똑똑.

황제가 재차 물을 때, 노크소리가 들렸다. 문이 열리며 들어온 자는 럼블리 백작이었다.

"폐하, 신 들었사옵니다."

"이반."

"제자 분들과는 말씀 다 나누셨습니까?"

백작은 마차에서 내리자마자 기다리고 있던 제자들의 손에 잡혀 어딘가로 끌려갔다. 리안은 그것이 자신 때문임을 모르지 않았다.

의도한 것은 아니나 자신으로 인해 제자들에게 시달렸을 그에게 리안은 내심 미안했다.

"더 긴 얘기는 이후에 다시 하기로 하고 돌아오는 길입니다. 폐하께 긴히 드릴 말씀이 있어서요."

"나한테?"

"네, 폐하. 주위를 물려주시겠습니까?"

라테스는 고개를 끄덕이며 즉시 두 백작에게 눈짓했다.

"나가 보겠습니다."

황궁에서도 자주 있어 왔던 일이기에 크리스가 바로 일어선 반면, 로스 백작은 뭔가 탐탁지 않다는 듯 인상을 구겼다.

하지만 황제의 명에 감히 불만을 표출할 수는 없는 노릇. 그가 럼블리 백작과 리안을 흘깃거린 후 곧 방을 나섰다.

"자세히 말씀 좀 해주십시오. 강당에서 무슨 일이 있었던 겁니까?"

문이 닫히자마자 럼블리 백작이 리안을 향해 몸을 기울이며 속삭이듯 물었다.

"뭐야. 내가 아니라 처남이었어?"

라테스가 어이없다는 듯 백작을 바라보며 소리쳤다. 하지만 백작을 향한 그의 눈빛에는 애정이 가득했다.

아버지가 없는 그에게 럼블리 백작은 아버지와 같았고, 라키아가 떠난 이후에는 그의 몫까지 하고 있었다.

크리스가 들으면 서운하겠지만, 언제 어디서든 철저하게 예를 따지는 그보다는 럼블리 백작이 라테스는 조금 더 편했다.

"폐하, 토네이도 마법은 저도 쉽게 펼칠 수 있는 마법이 아닙니다. 그런 긴박한 상황에서 어떻게 칼리스타 백작님이 마법을 시전하고 위기에서 벗어나셨는지 마법사로서 무척 궁금합니다. 폐하를 속인 죄 죽어 마땅하나 잠시 시간을 내주시면 아니 되겠습니까?"

"정말 죽어 마땅하다고 생각해?"

라테스가 의심스럽다는 듯 눈을 가늘게 떴다. 그러자 럼블리 백작이 정색하며 몸을 꼿꼿이 세웠다.

"그럼요! 당연히 그렇게 생각합니다. 아무렴요."

"푸훗."

리안은 자기도 모르게 웃음이 튀어나왔다. 황제와 백작이 동시에 고개를 팩 꺾었다.

"자네 왜 웃나."

"그러게 말입니다, 폐하. 말씀은 안 하시고 왜 웃으십니까?"

"내 말이 웃긴가?"

"아닙니다, 폐하. 제가 그만……."

곤란해하는 리안의 표정을 즐겁게 바라보며 라테스가 말했다.

"농담일세. 더 지체하면 큰일 날 것 같으니 이반에게 얘기나 해주게나. 영지에 도착하기 전부터 어찌나 성화인지 내가 다 혼이 났네."

"네, 어서 말씀해 보십시오. 어째서 멀쩡한 강당이 무너진 겁니까?"

럼블리 백작의 닦달에 리안은 강당에서의 일을 간단하게 설명했다.

"캐스팅을 하기까지 상당한 시간이 필요했을 텐데 운이 좋으셨던 모양입니다. 무너진 지붕 파편들이 칼리스타 백작님을 피해가지 않았더라면 정말로 대형 사고로 번질 뻔했습니다."

다시 생각해도 아찔하다는 듯 럼블리 백작이 몸서리를 치며 어깨를 움츠렸다.

리안은 말하지 못했다. 자신은 용언마법을 익혔기에 캐스팅이 필요하지 않다고.

그저 어색하게 웃으며 럼블리 백작의 묻는 말에 대답할 뿐이었다.

"조금만 일찍 도착했더라면 칼리스타 백작님의 멋진 모습을 볼 수 있었을 텐데 아쉽습니다. 방금 전까지 그 일로 제자들에게 어찌나 구박을 받았던지. 어휴."

"제자들이 왜?"

구박을 받았다는 백작의 말에 심기가 상한 듯 라테스가 언짢은 표정을 지었다.

리안의 본 실력을 알았으니 스승에게 절을 해도 모자를 판에 괘씸하다는 생각이 들었다.

"연구실에 있느라고 모두 칼리스타 백작님의 모습을 보지 못했답니다. 미리 알았더라면 입학식에 참석했을 거라면서 저를 원망하네요."

"테라지?"

백작의 세 제자 중 가장 극성맞은 것이 테라였다. 엉뚱한 성격하며 마법 재능이 뛰어난 것까지 럼블리 백작을 제일 빼닮은 그는 스승을 구박할 유일한 인물이었다.

"뭐, 그렇지요. 하하하."

럼블리 백작은 멋쩍은 듯 웃었다.

"이반이 예쁘다고 오냐오냐 받아주니 성격이 그렇게 된 거잖아. 어디 감히 제자가 스승을 구박해. 그게 말이 돼?"

"폐하, 제가 표현을 구박이라고 한 것이지 실제로 그 정도까진 아닙니다."

"두둔할 걸 두둔해, 이반."

라테스는 못 말린다는 듯 고개를 저었다.

그때 리안이 물었다.

"혹시 제자 분들께 저에 대해 말씀하셨습니까?"

“네, 안 그래도 그 말씀을 드리려고 했습니다. 녀석들에게 칼리스타 백작님께서 6서클의 마법사이시고, 특별히 조언을 해주시기로 약속하셨다고 말했습니다.”

“이번 사고로 제가 마법사라는 사실이 드러나긴 했지만, 본 실력에 대해 알려져서는 안 됩니다.”

“그 점은 걱정하지 마십시오. 이미 제가 신신당부를 해놓았습니다. 제 말이라면 잘 듣는 녀석들이니 염려놓으셔도 될 겁니다.”

“고맙습니다. 제자 분들도 언젠가 아실 일이긴 했는데, 그 시기가 조금 당겨진 셈이네요.”

“벌써부터 만나고 싶어 안달이 나 있습니다. 아무래도 조만간 시간을 내주셔야 할 것 같습니다.”

럼블리 백작도 한동안 리안을 귀찮게 했었다. 아마 그보다 더하면 더했지, 덜하진 않으리라.

리안은 고개를 끄덕이며 알겠다고 대답했다.

“그나저나 저는 칼리스타 백작님께서 치료 마법까지 익히셨는지는 몰랐습니다. 다 죽어가는 환자를 둘이나 살려내셨다고 하는데, 사실입니까?”

리안의 실력을 의심하는 것은 아니지만 럼블리 백작은 묻지 않을 수 없었다.

듣자하니 두 명을 한꺼번에 치료한 것으로도 부족해, 목숨이 경각에 달린 환자의 상태를 완전히 바꿔놓았다고 한다.

눈앞에서 뼈들이 맞춰지고 찢긴 상처가 아무는 것을 보았다는 사람들의 생생한 증언을 제자들이 듣고 왔다.

그건 마법사로서 알고 있는 그들의 상식을 완전히 뒤엎는 것이었다.

오십이 넘는 생을 살면서 백작도 여태껏 그런 것은 한 번도 본 적이 없었다.

"운이 좋았습니다. 그리고 소문이 번지는 과정에서 많이 부풀려진 모양입니다."

리안은 어울리지 않는 거짓말을 다시 시작했다.

"들으신 것처럼 환자들의 상태도 그리 위중한 편은 아니었습니다. 원래 이런 얘기일수록 과장이 많이 되곤 하지요."

"그래도 두 명을 한꺼번에 치료하신 건 사실이지 않습니까?"

한 명도 치료하기 어려울 판에 둘의 생명을 살린 건 아무나 할 수 있는 일이 아니었다.

"정말 대단하십니다. 익히기도 까다로운 치료 마법으로 그 정도 경지에까지 오르셨다니. 이참에 저도 칼리스타 백작님을 본받아 치료 마법을 수련해 봐야겠습니다."

럼블리 백작은 연방 대단하다는 말과 함께 리안을 추켜세웠다.

"참, 원인은 무엇이랍니까?"

치료 마법에 대해 이것저것 자세히 묻던 도중 백작은 사고의 원인이 궁금해졌다.

"안 그래도 이반이 들어오기 전 그 얘기를 하던 중이었어. 웬 남자라고 하던데."
"남자요?"
사실 지금까지 럼블리 백작은 모든 초점이 리안의 마법에 맞춰 있었다. 건물이 무너진 건 단순히 부실 공사 때문이라고만 생각하던 그에게 남자의 존재는 무척 놀라웠다.
"하오면 폐하, 누군가 일부러 강당을 무너뜨렸다는 겁니까?"
"응, 나도 조금 전에 들었어."
"칼리스타 백작님이 아니었더라면 수많은 사람들이 죽었을 겁니다. 대체 어떤 자가 그런 짓을 저질렀단 말입니까? 세상에 무슨 원한이 있다고!"
제자들도 참석할 뻔한 자리였다. 물론 연구실에 있었다지만, 만약 참석했다면 아끼는 제자 셋을 한꺼번에 잃을 수도 있었다. 리안이 없었더라면 말이다.
럼블리 백작이 펄펄 뛰며 화를 냈다.
"세상에 원한이 있는 자 같지는 않습니다."
"네?"
"저를 노렸으니까요."
"처남을……?"
리안의 갑작스런 고백에 라테스의 표정이 굳었다. 단순히 아카데미에 반감을 품은 자가 입학식을 망쳐 버린 거라고 생각했던 그는 그야말로 깜짝 놀랐다.

"네, 폐하. 잠시 홀드 마법에 걸렸었습니다."

"홀드 마법이라니요! 칼리스타 백작님, 그럼 상대가 마법사란 말씀이십니까?"

범인이 마법사란 소리에 백작이 기함하며 소리쳤다.

"네, 럼블리 백작님. 마법으로 땅을 무르게 하고 벽에 충격을 주어 강당을 무너뜨리게 한 겁니다."

"대, 대체 어떤 놈입니까! 마법으로 감히 그러한 짓을 하다니!"

신성한 마법의 힘을 불순한 용도로 사용했다는 것에 백작은 크게 분노했다.

홀드 마법은 2서클의 마법이다. 백작은 재빨리 머릿속으로 2서클의 마법사들을 떠올렸다. 당연히 황실 마법사는 제외이기에 그 대상은 많지 않았다.

"아직 누군지 밝혀내지는 못했습니다. 상태가 별로 좋지 않아서요."

"제가 보면 누군지 알 수 있을 겁니다. 황실 마법사가 아니면서 2서클의 마법사를 데리고 있는 건 두 공작밖에 없습니다."

수가 많지는 않지만 공작들에게도 마법사는 있었다. 하지만 최고 수준이 고작 2서클이었고, 그것도 양측에 각 한 명씩이었다.

그 밑으로 마법사가 몇 명 더 있긴 하나 대부분이 마법사라고 불리기에도 변변치 않은 자들이었다.

럼블리 백작은 당장 보러 가자며 자리에서 일어났다.

그때 리안이 말했다.

"공작 측에서 보낸 것은 맞겠지만 2서클이 아닙니다."

"……?"

"마나고리의 개수가 네 개더군요."

"지, 지금 네 개라고 하셨습니까?"

마나고리의 개수가 네 개라는 건 상대가 4서클의 마법사란 소리였다.

리안의 난데없는 발언에 황제와 럼블리 백작의 얼굴이 동시에 어리둥절하게 변했다.

리안의 말은 둘 중에 하나였다. 황제를 배신한 황실 마법사가 있든가, 그들이 모르는 마법사가 존재하든가.

리안이 얼른 덧붙였다.

"안심하십시오. 황실 마법사는 아닙니다. 그들이었다면 제가 모를 리 없습니다."

"허면 공작들이 몰래 4서클의 마법사를 키웠다는 것인가?"

라테스는 그 사실이 오히려 더 충격적이었다. 여태껏 마법에서만큼은 확실히 앞서가고 있다고 생각하던 그다.

4서클의 마법사가 있다면 그 위의 마법사가 없지 말란 보장이 없었고, 알려진 것보다 훨씬 더 많은 수의 마법사를 보유하고 있을 수도 있었다.

눈앞의 리안만 하더라도 6서클의 대마법사가 아닌가.

언제나 두 공작을 높은 벽이라고 생각하며 살아왔지만, 이런 충격과 패배감은 라키아를 잃은 후로 처음이었다.

"아직 한 가지 말씀드리지 않은 것이 있습니다. 그는 4서클의 마법사이기도 하지만……."

리안은 잠시 말을 멈추고 황제와 백작의 얼굴을 번갈아 쳐다봤다. 그들이 놀랄 것을 생각하니 걱정스러운 마음도 들었다.

"어서 말해 보게."

리안이 뜸을 들이자 라테스가 재촉했다. 리안의 입이 천천히 벌어졌다.

"……흑마법사이기도 합니다."

"흑……마법?"

라테스가 럼블리 백작을 향해 급히 몸을 틀었다. 마치 리안이 말한 흑마법이 자신이 알고 있는 그 흑마법이 맞느냐는 듯한 얼굴이었다.

"정녕…… 흑마법사가 확실합니까?"

그러나 황제의 그 물음을 듣지 못한 듯 백작이 더듬거리며 리안에게 물었다. 그는 정말로 놀란 듯했다.

하얗게 질린 낯빛하며 심하게 흔들리는 눈동자까지. 오래도록 마법을 공부한 사람답게 흑마법의 무서움을 잘 아는 탓이

리라.

"네, 확실합니다. 음침한 마나의 기운을 느꼈으니까요."

리안도 처음부터 안 것은 아니었다.

일이 정리되고 차분히 생각을 해보니 흑마법을 익힌 자들에게서 특유의 기운이 느껴진다는 것을 세이프리드의 지식을 통해 알 수 있었다.

그리고 흑마법이 무고한 인명 피해와 사이(邪異)한 마법이라는 이유로 사람들에게 천대받고 세상에서 사라진 것이 다 오해라는 것 또한 알 수 있었다.

흑마법사가 되기 위해선 사람들이 아는 것처럼 인간의 피가 필요한 것은 사실이었다.

그러나 그건 다른 사람이 아닌 바로 본인의 피가 필요한 것이었다.

이 땅에서 흑마법사가 사라진 것은 그런 수많은 오해에서 비롯된 것이었다.

"어디에 있습니까?"

럼블리 백작이 굳은 얼굴로 물었다.

"이반?"

그 음성이 이상했는지 라테스가 백작의 어깨를 잡으며 그를 불렀다.

"……넌입니다, 폐하."

"뭐?"

"키넌이라고요, 폐하. 그 녀석이 살아 있는 겁니다!"
럼블리 백작은 당장에 울음이라도 터트릴 기세였다. 조금 전까지만 해도 크게 화를 내던 그가 부르르 몸을 떨며 어쩔 줄 몰라 했다.
"키넌이라면……."
"네, 폐하. 십여 년 전 황궁에서 쫓겨난 제 친구 말입니다."
언젠가 럼블리 백작이 말한 적이 있었다. 젊은 시절 가장 사이가 좋았던 마법사 친구가 흑마법을 익혔다는 이유로 황궁에서 쫓겨난 적이 있다고.
그 친구가 자신이 접한 흑마법은 사람에게 무해하다며 항변했지만 아무도 그 사실을 믿어주지 않았다고 했다.
"죽었다고 하지 않았어?"
"저도 그런 줄 알았습니다. 하지만 아닌 모양이에요. 칼리스타 백작님, 지금 당장 보고 싶습니다. 어디에 있습니까?"
"지하 감옥에 있습니다."
사연이 있는 듯한 백작의 태도에 리안은 머뭇거릴 수가 없었다.
"따라 오십시오."
리안이 앞장섰고 그 뒤를 불안한 표정으로 백작과 황제가 따랐다.

제3화

흑마법사, 키넌

In Kallister

지하 감옥은 이름답게 매우 어둡고 퀴퀴한 냄새가 나는 곳이었다. 리안의 라이트 마법 덕분에 걷기에는 별 무리가 없었지만, 으스스한 느낌이 라테스는 썩 마음에 들지 않았다.

남자가 있는 곳은 지하 감옥의 맨 마지막 층인 육층이었다. 그곳은 지금껏 아무도 갇힌 적이 없는 곳으로, 현재 수감된 죄인도 그가 유일했다.

특이한 점은 다른 층과는 달리 지키는 감시병이 한 명도 없다는 것이었다. 그 사실에 의문을 품는 라테스에게 리안은 그럴 필요가 없기 때문이라고 설명했다.

그도 그럴 것이 남자가 수감된 방뿐 아니라 층 전체에는 리안이 손수 결계를 쳐놓았다. 금제로 인해 마법사인 그가 마법을 시전하는 것 또한 불가능했다.

설사 그 모든 것을 이겨낸다고 쳐도 가장 중요한 건 남자의 상태였다.

그는 잡힌 날로부터 물 한 모금조차 마시지 않고, 정신 나간 사람처럼 온종일 무언가를 중얼거리며 와들와들 떨고만 있었다.

리안의 치료 마법으로도 소용이 없었다. 잠시 상태가 좋아지는가 싶다가도 언제 그랬냐는 듯 다시 이전의 상황이 반복되었다.

강당을 무너뜨려 많은 이들의 목숨을 위험에 빠뜨렸던 장본인이 정녕 맞는지 의심이 일 정도였다.

"여깁니다."

리안은 마법으로 잠긴 문을 열었다.

덜컹.

쇠문이 열리고 좁은 방에 갇힌 하나의 인영이 그들 눈에 들어왔다. 왜소한 체구의 사내는 웅크린 자세로 등을 보인 채 바닥에 누워 있었다.

다행인 것은 상태가 좋아진 듯 이전처럼 몸을 떨고 있지는 않았다.

리안이 먼저 안으로 들어갔다. 잠이 든 듯 남자는 미동이 없었다. 새근거리는 숨소리만이 들렸다.

"폐하께서는 밖에서 계십시오."

만약을 위해 럼블리 백작은 라테스를 뒤에 두고 자신만 안으로 들어갔다.

"깊이 잠든 것 같습니다."

한동안 아무것도 먹지 못하고 몸을 떨어댔으니 피곤하기도 할 것이다. 리안이 깨워야 하나 잠시 고민할 때, 백작이 반대편을 향해 걸어갔다. 그는 빨리 얼굴을 확인하고 싶어 하는 눈치였다.

"놀라지 마십시오."

리안이 서둘러 경고했지만 이미 백작의 얼굴을 보니 늦은 듯했다.

"헉!"

그가 숨을 들이마시며 손으로 입을 가렸다.

"이반!"

그 모습을 오해한 라테스가 깜짝 놀라며 안으로 뛰어 들어왔다. 럼블리 백작은 재빨리 소리쳤다.

"오지 마십시오!"

"……?"

"보셔봤자 좋을 것 없습니다. 그냥 그곳에 계십시오. 전 괜찮습니다."

"얼굴을 보고 좀 놀란 것뿐입니다."

리안까지 가세하자 황제가 뒤늦게 이해하고 제자리로 돌아갔다. 럼블리 백작은 이게 어떻게 된 일이냐는 듯 리안을 바라봤다.

"처음 보았을 땐 다른 얼굴을 하고 있었습니다. 누군지 알아내기 위해 마법을 거두자 이런 얼굴이 드러나더군요. 흑마법의 부작용입니다."

"부작용이요?"

럼블리 백작은 처음 들었다.

"네, 흑마법은 본인의 피를 마족의 피와 맞바꾸는 대가로 얻어지는 마법입니다. 마족의 피를 몸에 담는 순간 여러 부작용이 생기지만, 그것을 감내할 수 있을 만큼 흑마법이란 인간에게 매우 유혹적인 것이지요."

지금은 거의 사장되어 흑마법사를 볼 수 없지만, 굳이 백마법과 비교를 하자면 흑마법은 배우고 익히기 쉬운 축에 속했다.

마족과의 계약으로 자신의 영혼과 피를 제물로 주기만 한다면, 마력의 도움을 얻어 보다 쉽게 마법을 실현할 수가 있기 때문이다.

또한 같은 서클의 마법이라도 공격적인 성향을 지닌 마법에 한에서는 흑마법이 백마법보다 살상력이 훨씬 높기도 했다.

하지만 얼굴과 몸에 징그럽게 돋아나는 종기들과 썩어 들어가는 피부 때문에 예로부터 흑마법은 많은 오해를 불러일으켰다.

그래서 실상 익히는 본인 말고는 다른 사람들에게 전혀 피해를 주지 않는데도 오늘날에는 이 땅에서 거의 찾아볼 수 없게 되었다.

"본래의 얼굴을 볼 수 있는 방법이 없을까요?"

럼블리 백작이 기억하는 친구의 마지막 모습은 전혀 이렇지가 않았다. 지극히 매우 평범했던 얼굴이지만 십여 년이 지난 지금도 백작은 분명하게 기억하고 있었다.

"저도 그런 방법까지는……."

친구를 그리워하는 백작이 안타까웠지만 리안으로서도 어쩔 도리가 없었다.

"으음."

그때 자고 있던 사내가 깨어나는 듯 몸을 뒤척였다. 리안과 럼블리 백작이 동시에 한 걸음씩 뒤로 물러났다.

사내의 눈꺼풀이 조금씩 천천히 위로 들려졌다. 잠시 정신이 멍한 듯했지만, 어느 순간 그가 기척을 느끼고 벌떡 일어섰다.

백작을 먼저 발견한 사내의 고개가 리안을 향해 급히 꺾였다.

"으아아아!"

그리곤 사색이 된 얼굴로 리안을 향해 양손을 저어가며 구석으로 후다닥 도망치듯 뛰어갔다. 다리 사이에 머리를 박고 오들오들 떠는 모습은 리안이 보기에도 애처로울 정도였다.

나아졌다고 생각한 건 오산인 모양이었다.

"휴."

리안은 한숨을 내쉬며 벽에 등을 기댔다. 사내를 처음 보았을 때만 하더라도 분노만이 가득했는데, 이제는 그런 감정도 어느 정도 희석된 상태였다.

리안이 알고 싶은 건 어느 쪽에서 사내를 보냈나 하는 것이었다. 기우는 쪽이 있기는 하나 그래도 확인은 반드시 필요했다. 사내의 처리는 그 다음 문제였다.

"나는 이반이라고 합니다."

리안은 슬립 마법으로 사내를 다시 재워야 하나 말아야 하나 고뇌하고 있었다. 그때 럼블리 백작이 조용한 음성으로 사내에게 말을 붙였다.

그러자 부들부들 떨던 사내가 무언가 놀란 것처럼 어깨를 흠칫거렸다.

그것에 용기를 얻은 듯 럼블리 백작이 물었다.

"혹시…… 키넌이라는 사람을 알고 있습니까?"

눈앞의 상대가 키넌이라면 더욱 좋겠지만, 아니더라도 같은 흑마법을 익혔으니 어쩌면 알 수 있을지 모른다고 백작은 생각했다. 백작이 커다란 눈동자에 기대감을 갖고 사내를 쳐다봤다.

'응?'

리안은 기대고 서 있던 벽에서 등을 뗐다. 사내의 행동에 약간의 변화가 생겼기 때문이다.
여전히 오들오들 떨고 있었지만 숙이고 있던 사내의 머리가 조금씩 위로 올라오고 있었다.
"허억!"
감옥 밖에서 유심히 안을 들여다보고 있던 라테스의 입에서 신음이 터져 나왔다. 산발한 머리가 대부분의 얼굴을 가리고 있었지만, 그것으로 모든 것을 숨기기에는 역부족했다.
거멓게 타들어간 듯한 피부에는 온통 딱지가 붙어 있었고, 입술과 코는 흔적조차 찾을 수 없었다. 두 개의 구멍과 하얗게 보이는 치아가 그 위치를 짐작하게 할 뿐이었다.
살아 있는 것이라곤 두려움에 떨고 있는 투명한 눈동자 정도였다. 사내는 외견과 어울리지 않게도 맑은 밤색의 눈동자를 갖고 있었다.
그 눈이 리안이 아닌 럼블리 백작을 향해 더디게 움직였다.
"……키넌?"
사내의 밤색 눈빛과 마주친 순간 럼블리 백작은 알 수 있었다. 얼굴은 전혀 다른 사람이 되었지만 눈빛은 변하지 않았다.
누구보다도 총명하고 정의로웠던 지기.
매일같이 밤을 새며 토론을 벌이던 그때의 그 눈빛 그대로였다.
"키넌, 너구나! 너 맞지?"
백작이 그를 향해 달려갔다. 조금 놀란 듯했지만 사내도 피하지 않았다.

"이렇게 살아 있으면 연락을 했어야지! 난 네놈이 죽은 줄로만 알았잖아!"

십여 년 만에 만난 친구를 보고 백작은 감격에 벅차 끝내 눈물을 터뜨렸다. 하얀색 로브가 지저분한 바닥에 끌리며 더럽혀졌지만 백작은 상관하지 않았다.

"지금껏 어떻게 지냈어! 몸이 이게 뭐야!"

그가 친구의 몸을 안타깝게 내려다보며 눈물을 닦았다.

그때 드디어 사내의 입이 열렸다. 또다시 용모와는 어울리지 않는 무척이나 부드러운 중저음의 목소리였다.

"이…… 반?"

럼블리 백작을 바라보는 사내의 눈동자가 흔들렸다. 그는 백작과 달리 쉽게 확신하지 못하는 기색이었다.

"얼굴이……."

당연한 반응이었다. 럼블리 백작은 현재 마법으로 얼굴을 변용한 상태였다. 목소리는 그가 기억하는 친구가 맞지만 모습은 그렇지가 못했다.

"이 얼굴 기억 안 나?"

"……?"

백작은 아쉬운 듯 눈을 흘겼다.

"4서클에 오르고 네 앞에서 제일 먼저 선보였잖아. 일루젼 마법. 이래도 모르겠어?"

"아."

그제야 기억이 났다. 평소 얼굴에 불만이 많았던 럼블리 백작은 4서클에 오르자마자 얼굴부터 손을 댔다.

그래, 분명 그때 선보였던 그 얼굴이다.

하얀 피부, 커다란 눈, 오뚝한 코, 붉은 입술. 잦은 밤샘으로 푸석하던 머릿결 대신 부드럽게 웨이브 진 머리가 어깨 어림에서 출렁이고 있었다.

꽃미남을 동경하던 그의 막역지우, 이반이었다.

"이반!"

"그래, 나야."

두 친구는 재차 서로를 끌어안으며 반가움을 나눴다. 둘의 우정이 어땠는지는 모르겠지만, 상황을 잊은 채 서로의 존재만을 생각하는 둘의 모습이 리안은 솔직히 보기 좋았다.

상대가 입학식을 망쳐 버린 사내만 아니었다면 더욱 좋았을 것을.

그런 리안의 속마음을 느낀 것일까.

럼블리 백작의 어깨에 턱을 괴고 있던 키넌의 눈빛이 리안에게로 향했다. 잊고 있던 기억을 떠올리기라도 한 듯 그의 눈빛이 다시금 겁에 질려갔다.

"키넌?"

몸에 닿은 친구의 몸에서 떨림이 전해지자 백작이 걱정스러운 표정으로 그에게서 떨어졌다.

키넌의 시선이 리안을 향해 있는 것을 보고는 백작이 얼른 말했다.

"키넌, 무서워하지 않아도 돼. 칼리스타 백작님은 좋은 분이셔. 그리고 내가 있잖아. 안심해."

아이를 타이르듯 백작이 키넌의 등을 두들기며 부드러운 말씨로 위로했다.

하지만 전혀 소용이 없었다.

"으으으으, 안 돼! 시, 싫어……!"

키넌의 떨림은 점차 심해졌다.

리안은 이해할 수가 없었다. 보아하니 그는 오로지 자신에게만 겁을 먹고 있었다.

친구인 럼블리 백작이나 감옥 밖의 황제를 보고서는 조금도 무서워하지 않았다. 그의 이상한 반응은 오직 리안에게만 한정된 것이었다.

강당에서의 일 때문인가 생각도 해보았지만, 그때도 리안은 별달리 한 것이 없었다.

이제껏 어떤 때보다 크게 화가 나긴 했지만, 그에게 마법을 난사한 것도 아니었고 그저 금제를 가해 이곳으로 데려온 것이 다였다.

그러고 보니 그때부터였던 것 같다. 자신을 볼 때마다 키넌이 이렇게 겁을 내는 것이.

사실 지금은 그나마 나아졌다고 할 수도 있었다. 처음에는 오줌까지 지리는 바람에 안 좋은 냄새를 맡기도 했으니까.
"칼리스타 백작님, 무슨 말씀이라도……."
리안이 조용한 것에 키넌이 더 겁을 먹고 있다고 생각한 듯 백작이 부탁했다.
안 그래도 이제 막 사건에 대해 물으려던 참이었다. 리안이 묻고 싶은 건 하나였다.
"당신을 보낸 자가 누굽니까?"
강당에서의 일이 리안의 머릿속에서 불현듯 다시 솟구쳤다. 죽은 사람은 없지만 리안의 대응이 조금만 늦었더라면 대량 살상으로 이어질 수 있었다.
키넌을 보는 리안의 눈매가 차가워졌다.
그 때문일까.
"으흐흐흑!"
간신히 진정하고 있던 마음에 동요가 생긴 듯 키넌의 태도가 갈수록 격해졌다. 백작이 서둘러 달래보았지만 소용없었다.
급기야 맑은 밤색의 눈동자가 사라지고 흰자위가 드러났다.
놀란 럼블리 백작이 다급히 소리쳤다.
"제, 제가 알아보겠습니다! 칼리스타 백작님, 제게 맡겨주십시오!"
이유는 모르지만 키넌이 리안을 두려워하는 것을 백작도 알아차렸다. 리안이 눈앞에서 보이지 않으면 정신을 차릴 테고,

그렇게 되면 대화가 가능해질 것이다.

"저에게는 분명 말해 줄 겁니다. 키넌에게 시간을 좀 주십시오!"

점점 더 경련이 심해지는 키넌의 몸을 붙잡으며 백작이 애원했다.

리안은 잠시 생각했다.

럼블리 백작이 혹시 친구를 빼돌리진 않을까?

백작의 지금까지의 태도를 보면 가능성은 있었다. 키넌은 백작에게 그저 그런 친구가 아니었다. 만약 리안이 그의 목숨을 취하려 한다면 결코 가만히 두고 보지는 않을 것이다.

하지만 리안은 백작을 믿었다. 친구가 아무리 중요하다고 해도 백작의 성품으로는 자신을 배신하지 못한다. 그것은 곧 황제를 배신하는 것과 마찬가지였다.

설사 그가 다른 마음을 먹는다고 해도 리안은 키넌을 찾아낼 수 있는 자신이 있었다.

"그럼 전 폐하를 모시고 먼저 가겠습니다."

리안도 자신 때문에 겁에 질린 사람을 보고 싶지는 않았다. 럼블리 백작이 자신이 원하는 답을 갖고 오길 바라며 황제와 함께 감옥을 나섰다.

걱정스럽다는 듯 라테스가 잠시 뒤돌아봤지만 리안은 아무 일 없을 거라는 말로 그를 안심시켰다.

*　　　　*　　　　*

위층으로 올라온 리안을 기다리고 있던 것은 엘이었다. 그녀가 황제와 리안이 떨어지길 기다리기라도 한 듯, 황제가 레지나에게로 가버리자마자 리안에게 급히 다가왔다.

"드릴 말씀이 있습니다."

"무슨 일이라도 생겼나요?"

그녀의 표정이 어쩐지 심각해 보여 리안도 덩달아 얼굴이 굳어졌다.

"큰일이 난 것은 아닙니다만……."

"……?"

엘이 그녀답지 않게 말을 끌자 리안은 의아했다. 대부분의 일을 망설임 없이 보고하는 그녀가 아닌가.

"말씀해 보세요."

"그게 확실치가 않아서 말입니다."

리안은 또 한 번 놀랐다. 지금껏 엘은 확실치 않은 사실을 보고한 적이 없었다. 리안이 정말 이상하다는 표정을 지을 때 그녀가 말했다.

"아무래도 크라우저 후작이 이곳에 있는 것 같습니다."

"네?"

리안은 눈을 부릅떴다.

"크라우저 후작이 이곳에 있다니요?"

"전에 백작님께서 말씀하셨던 인상착의와 비슷한 정체불명의 남자가 얼마 전부터 보고되고 있습니다."

"인상착의라면……."

"네, 장신의 키에 블랙 계열의 옷을 즐겨 입고 회색머리를 가진 자입니다. 누군지 알아내려고 애를 써보았지만 아직까지 소득이 없습니다."

"오드아이입니까?"

크라우저 후작의 가장 큰 특징은 양쪽 눈동자의 색이 다른 오드아이라는 것이었다. 리안이 조금은 흥분된 목소리로 물었다.

엘은 망설이다가 자신 없는 말투로 답했다.

"그걸 잘 모르겠습니다. 머리칼이 한쪽 눈을 가리고 있는 탓에 검정색 눈동자밖에 알아내지 못했습니다."

크라우저 후작은 검정색과 자줏빛의 눈동자를 가진 자였다. 하나가 검정색이라니 가능성은 있었다.

"가까이에서 자세히 보면 알 수 있지 않을까요?"

"안 그래도 접근해서 알아보라는 명을 내렸지만 그게 또 쉽지가 않은 모양입니다."

"일행이 많은가 보지요?"

접근하기가 어렵다고 하니 리안은 그의 주변에 사람이 많다고 생각했다.

하지만 엘이 그렇지 않다는 듯 고개를 저었다.

“아니요, 일행은 없습니다. 항상 혼자 다니더군요. 익숙해 보였습니다.”

“에나벨도 직접 보았습니까?”

“네, 중요한 인물이라서 제 눈으로 직접 확인해 보고 싶었습니다.”

시무룩한 엘의 대답에 리안은 내심 당황했다. 여인의 몸이지만 엘은 정보 길드의 마스터였다.

그녀는 누구보다도 재빠른 몸을 지녔으며, 눈썰미가 좋았고, 상황에 맞는 연기력과 어쌔신에 버금가는 은신 능력까지 갖추고 있었다.

그런 그녀가 일행도 없이 홀로 있는 그에게 접근하여 아무것도 알아내지 못했다니 놀라웠다.

“분위기가 어떻던가요? 마법이나 무예를 익힌 것 같지는 않던가요?”

비밀에 쌓인 후작답게 그에 대해서는 알려진 것이 거의 없었다. 엘조차 정보를 캐내기가 까다로운 자라면 숨겨진 실력자일지 모른다.

“지금 막 그 말씀을 드리려던 참입니다. 저도 그게 궁금하여 무력시험을 해보았는데 오히려 더 헷갈리기만 합니다.”

“헷갈리다니요?”

무력시험을 했다면 어떤 결과가 있어야지 헷갈리다니, 리안은 이해가 안 갔다.

"그게 저희 쪽에서 덤비려고만 하면 순식간에 사라지더랍니다. 몇 번 더 시도를 해보았지만 그때마다 그가 사라지는 바람에 알아낼 방도가 없었습니다."

'사라진다고?'

리안의 어깨가 흠칫 떨렸다. 그런 식으로 사람이 눈앞에서 사라질 수 있는 방법은 그가 알기로 마법밖에는 없었기 때문이다.

그가 마법사란 말인가?

더욱이 순간이동 마법이라면 적어도 3서클 이상이라는 소리였다. 리안이 급히 물었다.

"사라지기 전 그자가 주문을 외우던가요?"

"그 말씀은 상대가 마법사일지도 모른다는 말씀이시죠?"

끄덕.

"아닙니다. 주문 같은 건 전혀 외우지 않았습니다."

엘도 생각했던 문제였다. 그녀가 고개를 저으며 말을 이었다.

"이상한 점이 한 가지 더 있습니다."

의문의 사내가 정말 크라우저 후작이 맞는다면 과연 명성다웠다. 이번에는 또 무엇이 이상할지 리안은 자못 기대까지 되었다.

"그때 백작님께서 제게 말씀하시길 크라우저 후작의 나이가 삼십 대 초반이라고 하시지 않았습니까?"

"그랬지요."
"확신하시나요?"
"보웬 남작이 분명 또래라고 말했습니다."
예상보다 나이가 어리다고 생각까지 하였으니 틀림없었다.
"왜 그러시죠?"
"그보다 젊어 보였습니다."
"네?"
"적어도 제가 본 후작의 나이는 이십 대 초반의 외모를 지니고 있었습니다."
리안은 눈을 커다랗게 떴다.
이십 대라니? 어떻게 그럴 수가 있단 말인가.
십여 년 전 보웬 남작이 그를 보았을 때도 그 나이를 하고 있었다. 아무리 젊음을 잘 유지한다고 해도 십 년이란 세월 앞에서 아무런 변화가 없다는 건 말이 안 되었다.
나이보다 어려보이는 것일 수도 있겠지만, 엘이 그런 것조차 분간하지 못한다고 리안은 생각하지 않았다.
그렇다면 남은 건 하나다.
마법.
그것이 언제부터인지는 모르겠지만 그자는 마법으로 원래의 얼굴을 숨기고 있는지도 모른다. 소문에도 이십 대인지 오십 대인지 헷갈린다고 하지 않던가.
일순간에 사라지는 것하며 나이를 종잡을 수 없는 것은 마법사가 아니라면 절대 불가능했다.

하지만 그렇게 생각하자니 주문이 없었다는 게 마음에 걸렸다. 인간 마법사가 마법을 시전하기 전 주문을 외우지 않는 것은 있을 수 없는 일이기 때문이다. 어떤 이유에서든 인간의 마법은 캐스팅 없이 시전할 수 없었다.

대체 그의 정체가 무엇일까?

자신처럼 용언마법이라도 익혔을까?

'설마.'

리안은 말도 안 되는 상상에 머리를 세차게 흔들었다. 누구보다도 리안이 잘 알았다.

세이프리드는 마지막 드래곤이었고, 그의 능력을 물려받은 것은 다른 누구도 아닌 리안이었다.

이 세상에 용언마법이 가능한 자가 또 있을 턱이 없었다. 무언가 다른 비밀이 있을 것이다. 리안이 알아내야 할 것은 바로 그것이었다.

"아무래도 백작님께서 직접 보시는 것이 좋겠습니다. 만약 마법으로 용모를 숨기고 있다면 알아보실 테니까요."

때때로 시야에서 사라지긴 하지만 후작(이라고 추측되는)의 동태는 금방 드러났다. 그때 리안을 데려간다면 모든 의문이 풀릴 것이다.

"알겠습니다. 그렇게 하지요."

리안은 흔쾌히 엘의 청을 받아들였다.

"그런데 에나벨은 확실치 않다면서 그를 크라우저 후작이라고 단정하고 있는 듯합니다. 무슨 까닭이라도 있습니까?"

"이유 같은 건 없지만, 굳이 말씀드리자면 이번처럼 뭔가가 꽉 막힌 듯 알아내기 힘들었던 적이 처음이기 때문입니다."

"……?"

"아시다시피 크라우저 후작은 비밀이 많은 자입니다. 지금과 같은 상황에 매우 잘 어울리죠."

"생각해 보니 그렇군요."

"그리고 제 직감이 그렇습니다. 아무것도 뚜렷하게 밝혀낸 것은 없지만 왠지 그자가 제가 찾던 후작인 것 같습니다. 확실하지 않은 내용을 제 직감에 의존하여 보고드리는 점 죄송합니다."

"그런 말을 듣자고 한 소리는 아니었습니다. 에나벨이 얼마나 열심히 일하는지는 제가 더 잘 아니까요."

리안이 괜찮다며 미소 지었지만 엘의 표정은 여전히 펴지지 않았다.

"다른 특이사항은 없습니까?"

리안은 일부러 화제를 돌렸다.

"수상한 자는 크라우저 후작 외에는 발견하지 못했습니다. 특별한 보고가 올라오면 바로 알려드릴 테니 너무 걱정하지 마십시오."

리안이 현재 가장 신경을 쓰는 것은 황제와 황후의 안전이었다. 정해진 시간마다 따로 보고를 받고 있긴 하지만 황제가 영지에 머무는 이상 긴장을 늦출 수 없었다.

"참, 혹시 레베카 양도 이곳에 있는 걸 아십니까?"

"아니요. 그녀가 여기에 왔습니까?"

엘이 갑작스럽게 레베카를 거론하자 리안의 눈이 가늘어졌다. 타운젠드 공작이 애지중지 여긴다는 손녀가 아닌가. 호위기사가 있으니 큰일이야 없겠지만 모든 일에는 만일이라는 것이 있다.

"아카데미를 구경하러 온 듯합니다. 강당에서의 사고 후 많은 귀족들이 소식을 전하기 위해 영지를 떠났지만, 그녀는 여전히 남아 유람을 즐기고 있습니다."

"지금 어디에 묵고 있습니까?"

"찾아가시게요?"

"타운젠드 공작에게 손녀딸이 여관에서 묵었다는 소리를 듣게 할 수는 없지 않습니까."

물론 리안이 직접 갈 생각은 아니었다. 알만이라면 충분히 그녀를 정중하게 모셔올 것이다.

"알만에게 레베카 양의 숙소를 알려주십시오. 호위기사들도 같이 머물러야 할 테니 인원수도 파악해 주시고요."

"알만 집사님께는 제가 알아서 전달하겠습니다."

"갑자기 성에 손님이 많아지네요."

"그럼 저는 후작의 위치가 드러나는 대로 모시러 오겠습니

다."

엘이 정중히 예를 갖춘 뒤 집무실을 나섰다.

'크라우저 후작이라…….'

엘의 마지막 말 때문인지 리안은 한동안 자리에 앉아 후작에 대해 생각했다. 리안을 이토록 궁금하게 만든 존재는 정말 오랜만이었다.

*　　　*　　　*

"야, 흰머리! 정말 여기가 맞아?"

햇볕이 쨍쨍한 오후였다.

크림색 터번 아래로 길게 늘어뜨린 아사의 황금색 머리가 햇살과 만나자 보석처럼 반짝거렸다.

식당 안의 사람들이 황홀하다는 듯 아사를 쳐다봤다.

쉽게 볼 수 없는 특이한 옷차림도 그렇지만, 무엇보다 아사를 돋보이게 하는 것은 녀석의 아름다운 외모와 신비한 분위기였다.

초콜릿빛 피부는 녀석의 마른 몸에 건강한 느낌을 더했고, 커다란 호박색 눈동자는 보고 있으면 왠지 그대로 빨려 들어갈 것만 같았다.

함께 온 맞은편 사내를 향해 쉴 새 없이 떠들고 있지만 시끄럽다는 느낌은 전혀 들지 않았다. 오히려 귀엽게만 느껴졌다.

묻는 말에 대꾸는 하지 않고 가끔 신경질적으로 쳐다보기만 하는 사내가 사람들은 그저 못마땅할 뿐이었다.

라키아도 어디 가서 빠지는 외모가 아닌데도 무뚝뚝한 인상 때문인지 오늘만큼은 비난의 화살을 받고 있었다.

그런 주위 사람들의 속을 아는지 모르는지 마침내 라키아가 입을 열었다.

"좀 조용히 못하겠냐?"

지금 라키아와 아사가 함께 있는 곳은 리안의 영지에서 손꼽히는 규모의 여관이었다. 식당까지 같이 겸하는 곳으로 둘은 일층 창가에 앉아 간단한 식사를 하는 중이었다.

"내가 언제 떠들었다고 그래?"

"아까부터 계속 쫑알거리고 있잖아. 여기 있는 사람들이 모두 다 증인이다."

"인간이 말도 못해?"

"네가 인간이냐? 되다 만 고양이 주제에 어디서 인간 타령이야?"

라키아가 어이없다는 듯 비웃으며 고기를 한 점 찍어 입으로 가져갔다.

틀린 말은 아니었지만 그렇다고 맞는 말도 아니었다. 아사가 질세라 포크로 고깃덩이를 세게 찍으며 정확하고 또박또박한 말투로 말했다.

"나도 반은 인간이거든?"

라키아의 입꼬리가 한쪽으로 말려 올라갔다. 그는 대응할 가치도 없다는 듯 말없이 고기를 씹는 데 열중했다.

"이럴 거면 왜 데리고 온 거야?"

아사가 들고 있던 포크를 집어던지듯 내려놓았다.

"완전 속았어!"

"말은 바로 해라. 따라온 건 너다."

"이상한 인간이 나타났다며! 흰머리 네가 그 말만 안 했어도 안 따라왔어!"

"나도 네 녀석이 따라올 줄 알았으면 그딴 얘기는 안 했을 거다. 내 입을 지금 저주하는 중이니까, 그 입 좀 닥쳐."

"뭐야?"

라키아의 과격한 언사에 아사의 눈에서 불꽃이 일었다. 하지만 잠시 후, 기특하게도 그 불꽃을 애써 가라앉히며 아사가 물었다.

"정말 이상한 인간이 나타난 것 맞아? 나 놀리려고 거짓말한 거 아니지? 응?"

"……."

"흰머리 네 성격이 좀 지랄 맞긴 하지만, 리안을 걱정하는 건 진짜잖아. 네가 아무리 천하의 재수 없는 인간이라도 이런 거짓말을 할 리 없어. 그렇지?"

"……."

"만약 날 속인 거라면 흰머리 너 진짜 죽을 줄 알아!"

주먹을 쥐는 폼이 거짓으로 판명나면 정말로 가만두지 않을 태세였다.

아사가 무슨 말을 하든 조용히 고기를 씹으며 창밖을 보던 라키아가 아사를 향해 고개를 돌렸다.

“그럼 돌아가든가. 나도 너랑 다니기 귀찮아.”

“누군 뭐 좋은지 알아? 흰머리, 착각하지 마. 내가 너랑 이렇게 단둘이 있다고 해서 네가 조금이라도 좋아진 건 아니니까. 알겠냐?”

“누가 뭐래?”

흥분해서 말하는 건 아사 혼자였다. 라키아가 낮게 혀를 차며 다시 창밖으로 시선을 옮겼다.

“이럴 때 류지라도 있었으면 좋았을 텐데……. 류지는 대체 언제쯤 오는 거야!”

애꿎은 류지를 탓하며 아사가 투덜거렸다.

리안이 없는 자리에서는 잠깐이라도 같이 있기가 힘든 라키아와 아사가 함께 이곳에 있는 이유는 수상한 자가 나타났다는 라키아의 말 때문이었다.

마침 황제의 방문으로 성에서 머물기가 곤욕스러워지기도 한 터라, 라키아는 강당이 무너지던 날 보았던 회색 머리칼의 사내를 쫓기로 결정한 것이다.

어쩌다가 되다 만 고양이라는 혹이 하나 붙었지만 그는 진지했다.

잠깐이었지만 상대의 능력은 라키아도 긴장하게 할 만큼 사뭇 대단했다.

더욱이 지금 성에는 황제와 황후까지 머물고 계신다. 그런 곳으로 그자를 가게 할 수는 없었다.

"에나벨이 가르쳐 준 곳이라면 믿겠냐?"

아사가 하도 구시렁거리는 통에 라키아가 졌다는 듯 엘의 이름을 꺼냈다. 그러자 아사의 귀가 반갑다는 듯 쫑긋 세워졌다.

"정말? 엘이 그랬어?"

"그래, 정보 길드에서도 주시하고 있는 놈이라더군. 내가 수상하다고 했잖아."

시간이 없어 자세히 듣지는 못했지만 어쨌든 엘이 나섰다는 건 요주의 인물이라는 뜻이었다. 이 여관에 묵는다고 하였으니 기다리다 보면 올 것이다.

"오오, 오셨다!"

그때 갑자기 식당 안의 사람들이 입구 쪽을 바라보며 호들갑을 떨었다. 라키아와 아사가 무슨 일인가 싶어 쳐다보니 웬 여인이 호위기사들과 함께 안으로 들어서고 있었다.

"……!"

라키아는 한눈에 그녀를 알아봤다. 친분이 있는 것은 아니지만 제국의 귀족으로서 그녀를 모른다는 건 말이 안 되었다.

그녀는 사교계의 꽃, 레베카였다.

이제 보니 식당에 이토록 사람이 많은 것은 그녀 때문인 듯했다.

'방랑벽이 심하다더니 놀러온 모양이군.'

안으로 들어온 레베카는 자리를 찾듯 잠시 주위를 둘러보았다. 그런 그녀의 눈과 라키아의 눈이 마주쳤다.

레베카의 눈에 호기심이 떠오른 반면, 라키아는 관심 없다는 듯 이내 시선을 떼고 먹는 것에 열중했다.

"이야, 예쁘다."

아사는 진심으로 감탄했다. 지금까지 보았던 인간들 중 가장 아름답게 생긴 여성이었다(물론 리안은 예외다).

아사는 그녀의 새파란 눈동자가 마음에 들었다. 그 눈동자는 리안이 데려가 준 바다를 생각나게 했다.

그런 아사의 마음을 읽은 것일까.

레베카가 사람들을 헤치고 그들에게로 다가왔다.

"안녕하세요?"

"안녕."

그녀의 인사에 아사가 녀석의 식대로 대꾸했다. 그러자 호위기사 중 한 명이 무서운 눈초리로 아사를 쏘아보며 훈계했다.

"타운젠드 공작 전하의 손녀따님이시다. 예를 갖추어라."

아사가 기사를 흘깃 쳐다보더니 라키아에게 물었다.

"갖춰야 해?"

"……."

그때까지도 라키아는 자신과는 상관없다는 듯 묵묵히 음식을 먹고 있었다. 그가 잠시 고개를 들어 아사와 레베카를 번갈아 바라보다가 다시 음식을 먹기 시작했다.

"무례하구나! 감히……."

"그만하세요. 저는 괜찮습니다."

호위기사의 호통이 이어지려는 찰나 레베카가 손을 들어 막았다.

그녀는 웃으며 아사에게 말을 붙였다.

"여기에 앉아도 될까요?"

"마음대로."

"그럼 실례하겠습니다."

아사의 짤막한 대답에도 전혀 화난 기색 없이 레베카가 한쪽 면에 자리를 잡고 앉았다.

"입학식에서 두 분을 보았습니다. 강당이 무너지는 혼란 속에서 사람들이 우왕좌왕할 때 떨어지는 구조물들을 손발로 쳐내시면서 애를 쓰시더군요."

"봤어?"

"네, 두 분이 아니었다면 많은 사람들이 다쳤을 거예요. 용기에 박수를 보냅니다."

이층에 있었던 탓인지 레베카는 그 당시 많은 것들을 볼 수 있었다. 리안에게 가려졌지만 두 사람이 한 일 또한 그녀에게 깊은 인상을 심어주었다.

“제 이름은 레베카 폰 스웨르겐입니다.”

여자가 먼저 자신을 소개하는 경우는 드문 일이지만 레베카는 개의치 않았다.

많은 곳을 여행하면서 그녀가 배운 것은 사람은 신분에 관계없이 누구나가 비슷하다는 것이었고, 자신은 그런 사람들 중 하나일 뿐이라는 것이었다.

귀족들과 있을 때는 예의를 지키려고 하는 편이지만, 실상 그녀에게 편한 건 지금처럼 간단한 복장에 여과 없는 대화를 즐기는 것이었다.

“나는 아사.”

레베카의 눈길이 라키아를 향했다.

“이쪽은 라키. 원래 말이 없어.”

라키아를 대신해서 아사가 소개했다. 라키아가 불만스럽다는 듯 고개를 조금 들었지만 그건 아사만이 눈치챌 수 있는 정도였다.

“여긴 식사를 하러 온 건가요?”

“아니, 누굴 좀 만나러 왔어.”

“전 이곳에서 묵고 있어요. 지금 여행 중이거든요.”

“여행? 이리저리 구경하면서 다니는 거 말이지?”

“맞아요.”

조금은 이상한 답변에 레베카의 고개가 갸웃거렸다. 하지만 상대가 기분 나빠하지 않도록 그녀 특유의 미소를 지으며 대답했다.

"그럼 나랑 비슷하네. 나도 지금 여행 중이거든."

"아, 그래요? 어디서 왔는지 물어봐도 될까요?"

레베카는 호기심에 물어본 말이지만, 갑작스러운 그 질문에 아사의 표정이 굳어지며 그림자가 드리웠다.

뭔가 사정이 있는 듯한 그 변화에 레베카는 괜한 걸 물었다는 죄책감이 들었다.

탕!

그때 별안간 라키아가 쥐고 있던 스푼을 탁자 위에 소리 나게 내려놓았다.

그의 시선은 입구를 향해 있었다. 아사도 급히 그곳으로 고개를 돌렸다.

키가 큰 사내였다.

아래위로 흑색의 무복을 갖춰 입은 회색 머리칼의 사내가 문가에 선 채 이쪽을 바라보고 있었다. 긴 앞머리 탓에 한쪽 눈동자만이 보였는데, 드러난 눈동자에서 이제껏 느껴보지 못한 강한 힘이 전해졌다.

그와 눈이 마주치자 아사는 온몸이 저릿저릿했다. 주변을 장악하는 능력이 라키아에 버금갈 정도로 대단한 자였다.

"저 사람은……."

레베카의 발언에 라키아와 아사의 눈길이 잠시 그녀에게로 쏠렸다.

"입학식이 있던 날 본 적이 있어요. 이곳에서 또 보게 되었네요."

그녀에게 알 수 없는 두려움을 주었던 사내. 그의 등장에 레베카는 다시금 긴장했다.

라키아와 아사가 다시 입구를 향해 시선을 옮겼다.

"……!"

하지만 방금 전까지만 해도 그곳에 있던 사내가 보이지 않았다. 라키아가 급히 마나 장악력을 통해 주변을 훑었지만 사내의 기운은 느껴지지 않았다.

"젠장."

라키아가 자리에서 벌떡 일어섰다.

제4화

후작의 정체

In Kallisto

휘영청 밝은 달이 뜬 밤이었다.

삐익— 삐익—

야간 순찰병의 호루라기 소리가 규칙적으로 울리며 이상이 없음을 알렸다. 각종 출입문에서 경계를 서고 있는 보초병들도 정해진 간격으로 서로의 존재를 확인하며 어느 때보다 삼엄한 경비 태세를 갖췄다.

현재 리안의 본성에는 황제와 황후가 와 있었다. 근위 기사단과 황궁 제1기사단이 돌아가며 황제의 처소 근처를 지키고 있지만, 리안은 리안대로 평소보다 경비병의 수를 늘려 본성 전체를 감시하고 있었다.

만일을 위해 성 전체에 알람 마법을 펼쳐 놓았고, 황제의 침실에는 실드 마법까지 쳐놓았다.

이제 리안에게 걸리지 않고서는 그 누구도 성을 멋대로 침범할 수 없었다.

휘이익.

횃불 사이로 무언가 지나간 것은 아주 잠시 달빛이 구름에 가려졌을 때였다. 경비병이 소리를 듣고 고개를 돌렸지만 보이는 건 아무것도 없었다.

"바람 소리인가?"

주변에는 몸을 숨길 만한 곳도 없었다. 사람이든 동물이든 뭔가가 나타났다면 경비병의 눈을 벗어나기란 어려웠다.

"어이, 데슬러! 거긴 괜찮나?"

그래도 혹시나 하는 마음에 그는 저만치 떨어져 있는 동료를 향해 소리쳐 물었다. 곧 들려온 대답은 개미 새끼 한 마리도 보지 못했다는 말이었다.

타다닥.

횃불 타는 소리가 조용한 밤하늘에 번졌다. 경비병은 잡념을 떨쳐 버리고 다시 경비를 서는 것에 열중했다.

"……."

그는 꿈에도 몰랐겠지만, 그 모습을 그리 멀지 않은 곳에서 은밀히 지켜보는 자가 있었다. 그는 다름 아닌 오늘 낮 시내의 여관에서 라키아와 마주쳤던 사내였다.

그가 성벽 옆으로 난 그림자에 교묘히 몸을 숨긴 채 신중한 눈길로 주위를 살폈다.

'저기군.'

그런 사내의 눈에 누군가 인위적으로 만들어 놓은 마나의 느낌이 전해졌다. 성벽 전체를 둘러싸고 있는 그것은 리안의 알람 마법이었다.

사내는 그곳으로 조용히 다가갔다. 그리고 천천히 매우 조심스러운 자세로 마나를 향해 손을 뻗었다.

아무것도 아닌 그 동작 하나에 이마에 송골송골 땀이 맺혔다.

'후우.'

그가 호흡을 가다듬으며 서서히 기운을 끌어올렸다. 그러자 잠시 후 놀라운 일이 벌어졌다. 그의 손길에 따라 리안이 쳐놓은 마나가 비틀어지더니 조금씩 공간이 생기기 시작한 것이다.

사내는 반색할 여유도 없이 공간을 벌리는 것에 정신을 집중했다. 방심했다가는 시전자인 리안에게 들킬 수가 있었기 때문에 조금이라도 마음을 놓아서는 안 되었다.

이윽고 얼마 후, 사내가 지나갈 수 있을 정도의 작은 틈 하나가 생겨났다.

주위를 몇 번 더 휘둘러본 뒤 사내가 재빨리 틈새를 넘어 성 안으로 들어갔다.

성내는 역시나 많은 수의 사병들로 주위를 철통같이 경계하고 있었다.

하지만 알람 마법이 없는 이상 더 이상 사내를 망설이게 하는 것은 없었다. 그의 몸이 빠르게 성의 중심을 향해 나아갔다.

"응?"

리안이 이상함을 느낀 것은 어느 순간이었다.

늦은 밤, 오랜만에 업무에서 벗어나 책을 보고 있던 리안의 마나 장악력에 갑자기 생소한 기운이 느껴졌다.

그리고 그와 동시에 딸깍하며 창문이 열리는 소리가 들렸다.

"누구냐!"

리안은 손에서 책을 내려놓고 벌떡 자리에서 일어섰다.

서재를 밝히는 불빛이라고는 책상 위에 켜진 작은 촛불 하나가 전부였다.

하지만 달빛의 도움으로 리안은 창을 타고 넘어오는 한 인영을 볼 수 있었다.

긴 다리가 인상적인 사내였다.

그 다음으로 눈에 띈 것은 단정하게 묶인 긴 회색의 머리칼이었다. 입고 있는 옷은 야심한 지금의 시각과 매우 잘 어울리는 까만 흑색의 무복이었다.

침입자는 안으로 들어오자마자 다시 어둠 속으로 몸을 숨겼다. 마치 얼굴을 드러내기 싫다는 듯.

'크라우저 후작.'

리안은 상대를 한눈에 알아보았다.

그는 비밀에 쌓인 인물답지 않게 보웬 남작에게서 들었던 그대로의 모습을 하고 있었다. 십여 년이란 세월이 흘렀지만 옷 입는 그의 취향은 변하지 않은 모양이었다.

그는 말이 없었다.

리안도 그저 응시하기만 할 뿐 입을 열지 않았다.

잠시 서재 안에는 의도하지 않은 침묵이 흘렀다.

'정말 오드아이일까?'

리안은 이상하게 걱정이 되지 않았다. 야밤에 위험한 방식으로 자신을 찾아온 상대지만 적의는 느껴지지 않았다.

그는 어쩐 일인지 망설이는 듯했다. 어두워서 표정을 볼 수는 없으나 분명 그런 느낌이었다.

그렇게 얼마나 지났을까.

후작이 불쑥 한 걸음 내딛으며 알아들을 수 없는 말을 중얼거렸다.

"……냐."

제대로 들리지 않아 리안이 고개를 갸웃할 때, 그가 달빛이 비치는 창가로 모습을 드러냈다.

'헉.'

후작의 까만 눈동자가 제일 먼저 눈에 들어왔다.

깊고 어두우면서도 섬뜩함이 담긴 눈빛. 이것 역시 보웬 남작에게서 들었던 그대로였다. 마주하는 것만으로도 등골이 오싹해졌다.

엘의 말처럼 후작의 한쪽 눈동자는 긴 앞머리로 가려져 있었다. 가까이에서 보니 그의 머리칼은 회색보다는 잿빛에 가까웠다.

오드아이를 감추기 위해 일부러 머리를 기른 것일까?

리안이 문득 그런 생각을 할 때, 굳게 다물어진 그의 입술이 다시 한 번 열렸다.

"누구냐."

매우 굵고 낮은 음성이었다. 한기마저 서린 그 목소리에서 리안은 알 수 없는 떨림을 느꼈다. 그는 떨고 있었다.

'왜?'

그 사실이 의아했지만 리안은 의문을 뒤로하고 그에게 되물었다.

"그러는 당신은 누구십니까?"

"어째서……."

"……?"

"어째서 네게서…… 느껴지는 거지?"

후작이 한 걸음 더 걸어 나오며 리안에게 물었다.

리안은 이마를 찌푸렸다. 질문을 이해할 수가 없었다.

"무슨 뜻인지……."
"어째서 네게서 용언의 힘이 느껴지냔 말이다!"
쿵!
리안의 말은 그의 외침에 보기 좋게 파묻혔다. 심장이 내려앉으며 리안의 몸이 얼음처럼 굳었다.
용언이라니!
그런 말을 인간의 입에서 듣게 될 날이 있을 거라곤 지금껏 상상조차 하지 못했다.
리안의 두 눈이 혼란스럽게 반짝였다.
"어, 어떻게……?"
"넌 인간이 분명해. 그렇지 않은가?"
리안이 답하진 않았지만 그는 자신의 생각이 맞는다고 확신하는 듯했다.
"그런데 어째서 용언의 힘이……, 드래곤의 기운이 너에게서 느껴지는 거지?"
거친 목소리만큼이나 그의 차가운 눈동자가 난폭하게 흔들렸다. 아마도 그는 해답을 얻기 위해서 리안을 찾아온 듯했다.
하지만 리안은 오히려 그에게 묻고 싶었다.
"그걸 어떻게 아는 거죠?"
"뭐?"
"내게서 용언의 힘을 당신이 어떻게 느낄 수 있냐는 말입니다. 당신은 인간이 아닌가요?"

외관상 보기에 그는 분명 인간이 맞았다. 마나 장악력을 통해 느껴지는 기운 또한 생소하긴 해도 그 맥은 틀림없이 인간이었다.

그의 몸 어디에서도 인간이 아닌 다른 기운은 느낄 수 없었다.

'아!'

그때 리안의 눈에 후작의 얼굴이 크게 와 닿았다. 그는 엘의 말마따나 리안과 같은 이십 대의 모습을 하고 있었다. 보웬 남작이 만났다는 십여 년 전 그때처럼.

마법의 흔적은 전혀 없었다. 후작의 얼굴은 진짜였다. 마법으로 얼굴을 변형시켰다면 리안이 발견하지 못할 수가 없다. 그리고 리안이 아는 이상 십여 년이라는 세월 앞에서 늙지 않는 인간은 없다.

"다, 당신 인간이 아니군요!"

"……?"

"오래 전 당신의 얼굴을 본 사람이 있어요. 대체 나이가 몇 살이죠? 당신이 정말 크라우저 후작인가요?"

그의 등장에 놀라 미처 생각하지 못한 것이 또 하나 있었다.

리안은 성 전체에 알람 마법을 펼쳐 놓았다. 누군가 성 안으로 들어온다면 리안이 모를 수가 없는 것이다.

하지만 후작이 창문을 열고 들어올 때 비로소 리안은 그의 존재를 느꼈다. 그것도 알람 마법이 아닌 마나 장악력으로 말이다.

그가 인간인지 아닌지는 모르겠지만 확실한 것 하나는 있었다.

6서클의 마법사인 리안보다 뛰어난 마법사라는 것.

그렇지 않고서야 알람 마법을 무력화시키고 이렇게 당당히 자신을 찾아올 수 없었다.

리안은 정녕 그의 존재가 궁금했다.

"나를 알고 있군."

후작은 부정하지 않았다. 그가 가늘어진 시선으로 리안을 위아래로 훑으며 한 걸음 더 다가왔다.

어쩐지 그 걸음에서 리안은 위협을 느꼈다. 방금 전까지 적의라고는 없었는데 그는 한순간 마음을 바꾼 듯했다.

리안은 마나를 끌어올렸다. 어느 때라도 마법을 시전할 만반의 준비를 마쳤다.

"또……."

후작이 인상을 쓰며 뒤로 물러섰다. 그가 무어라 중얼거렸지만 리안은 무슨 말인지 알아들을 수 없었다.

그는 머뭇거리는 것 같았다.

"……!"

하지만 다음 순간 그의 몸이 갑자기 리안의 시야에서 사라졌다.

파핫.

리안은 놀랄 틈도 없었다. 그의 기척이 바로 옆에서 느껴졌기 때문이다.

"블링크!"

리안도 질세라 블링크를 외치며 그에게서 떨어졌다. 둘 사이의 거리는 4, 5미터 정도였다.

파핫.

후작의 몸이 다시 사라졌다. 그가 재차 접근할 거라고 미처 생각하지 못했던 리안의 반응은 늦을 수밖에 없었다.

"실드!"

파앙—

그의 주먹이 리안의 실드와 부딪치며 큰 소리를 만들었다.

리안은 이해할 수 없었다.

크라우저 후작은 세상과 담을 쌓고 홀로 조용히 지내던 자였다. 그런 그가 왜 갑자기 자신 앞에 나타나 해를 가하려고 하는지 영문을 알 수가 없다.

한편으로는 화도 치솟았다.

자신이 무엇을 그렇게 잘못했단 말인가?

바보처럼 순순히 그의 공격을 받고만 있지는 않을 것이다. 리안의 두 눈이 서서히 금안으로 물들었다.

"에어 버스트!"

공기로 단단하게 뭉쳐진 동그란 공이 리안의 양옆으로 순식간에 떠올랐다.

블링크로 후작과의 거리를 벌린 리안은 그를 향해 망설이지 않고 에어 버스트를 날렸다.

폭발의 여파로 서재가 엉망이 되겠지만 상관없었다. 책이야 다시 구하면 되는 것이고, 지금은 후작을 처리하는 것이 급선무였다.

쏴아아앙.

리안의 금빛 마나가 궤적을 그리며 쏘아졌다.

후작은 그 마나를 피하지도 그렇다고 막으려고 하지도 않았다. 그저 눈을 부릅뜬 채로 리안을 바라볼 뿐이었다.

"어, 어……!"

그러자 당황한 것은 리안이었다. 온몸으로 고스란히 에어 버스트를 맞았다가는 크게 다칠 것이기 때문이다. 죽일 듯 덤빌 때는 언제고, 갑자기 방어조차 하지 않는 그의 태도에 리안은 어이가 없었다.

하지만 현실은 리안의 예상과는 크게 달랐다.

푸식 푸식 푸식.

후작의 몸에 닿는 순간 폭발할 거라고 생각했던 에어 버스트가 마치 바람 빠지는 듯한 소리를 내며 흔적 없이 사라진 것이다.

리안의 마법은 후작에게 아무런 상처도, 아무런 피해도 줄 수 없었다.

덕분에 서재는 기존의 모습을 유지할 수 있었지만, 그를 보는 리안의 머릿속은 어느 때보다 혼란스러웠다.

무엇보다 자신 있던 마법 실력에 쩍쩍 금이 가는 순간이었다.

그런 리안의 속을 아는지 어쩐지 후작이 돌연 입을 열었다.

"며칠 전 아카데미에서 강당이 무너지던 날, 당신이 마법으로 사람들을 구하는 것을 보았습니다. 그때가 당신을 처음 본 것은 아니지만 당신에게서 그 기운을 느낀 것은 처음이었습니다."

리안은 의식하지 못했지만 후작의 말투는 매우 공손하게 바뀌어 있었다. 말없이 서 있는 리안을 향해 그가 긴 이야기를 시작했다.

"처음에는 드래곤이라고 생각했습니다. 인간과 드래곤 사이에서 태어난 혼혈인가 싶기도 했지요. 하지만 당신은 분명 인간이 맞습니다. 그렇지요?"

끄덕.

왠지 지금만은 꼭 확인시켜줘야 할 것 같아 리안은 고개를 한 번 끄덕였다.

"마지막으로 확인하고 싶었습니다. 아무리 생각해도 믿을 수가 없었거든요. 강당에서 느꼈던 기운이 착각일지도 모른다고 스스로를 타일렀습니다."

리안은 그제야 후작이 말하는 기운이란 것이 드래곤의 기운이라는 것을 깨달았다.

"하지만 착각이 아니었습니다. 조금 전 당신에게서 다시 그 때의 기운을 느낄 수 있었습니다. 드래곤만이 지니고 있는 용언의 힘. 그 절대 기운을 인간인 당신에게서 느꼈단 말입니다."

"……."

"그러니 이제 대답해 주십시오. 당신의 정체가 무엇입니까?"

후작은 매우 간절히 묻고 있었다. 리안은 잠시 그를 가만히 쳐다보았다. 왠지 좀 이상했다.

그가 어떻게 드래곤의 기운을 느꼈는지도 궁금하지만, 어째서 그 사실에 그토록 집착을 하는지에 대한 의문이 생겼다.

물론 인간인 자신에게서 드래곤의 힘을 느꼈으니 충분히 이상한 일이긴 하다.

하지만 후작의 태도를 보면 그 외에 뭔가가 더 있는 듯한 기분이었다.

"대답하기 전에 나도 확인하고 싶은 게 있습니다."

"말씀하십시오."

"당신도 나와 같은 인간인가요?"

잠시 주저하긴 했지만 후작은 이내 눈빛을 가라앉히며 확실하게 밝혔다.

"제 이름은 차이 반 크라우저. 완전한 인간이 맞습니다."

처음부터 짐작하고 있었지만 그의 입을 통해서 들으니 어딘지 색달랐다.

'차이.'

조용히 그 이름을 속으로 되뇌며 리안이 입을 열었다. 그가 답을 했으니 이제는 리안이 말할 차례였다.

"이미 예상하고 있을지도 모르겠지만, 난 드래곤의 힘을 계승했습니다. 덕분에 인간이지만 용언마법을 구사할 수 있게 되었지요. 대답이 되었나요?"

"드래곤은 오래전 멸종되었습니다. 그게 가능한 일입니까?"

"내게 일어났으니 가능한 일이라고 말할 수 있겠지요."

"자세히 말씀해 주십시오. 어떤 방법으로 드래곤의 힘을 계승하였는지 알고 싶습니다."

"내가 당신에게 그것까지 말할 이유는 없을 텐데요."

새로운 삶을 얻고 지금껏 누구에게도 말하지 못한 이야기다. 가족은 물론 라키아와 아사에게조차 말하지 못한 얘기를 그에게 하고 싶지는 않았다.

"혹 계승하신 드래곤의 존재가 골드 드래곤이신 세이프리드 님입니까?"

리안의 눈동자가 찢어질 듯 커졌다.

"당신이 어떻게……!"

"아카데미의 이름과 금빛 마나를 보고 추측했을 뿐입니다. 놀라지 마십시오. 저도 그분은 뵌 적이 없으니까요."

당연히 본 적이 없을 것이다. 세이프리드는 이미 오백 년 전에 죽었으니까.

하지만 그의 말은 어딘지 정상적이지가 못했다. 마치 세이프리드는 보지 못했지만 다른 드래곤은 본 적이 있다는 말처럼 들려왔다.

"설마…… 드래곤을 본 적이 있습니까?"

말이 안 된다는 걸 알면서도 리안은 물을 수밖에 없었다. 세월이 지나도 변하지 않는 얼굴을 가진 후작이니 뭔들 불가능하겠는가.

하지만 기대와 달리 차이는 고개를 가로저었다.

"이미 멸망한 드래곤을 제가 무슨 수로 만나겠습니까. 다만 아버지께 여러 얘기를 들으며 자랐습니다."

"아버지?"

"네, 혹 가디언이라고 아십니까?"

"드래곤을 지키는 자들 말인가요?"

"맞습니다. 제 할아버지께서 바로 블랙 드래곤 레켄스토 님의 가디언으로 계셨습니다."

뜬금없이 가디언에 대해 물을 때만해도 리안은 이런 소리를 듣게 될 줄은 상상도 못했다.

인간이 드래곤의 가디언을 하였다니?

세이프리드에게서 받은 기억을 아무리 뒤져도 그런 정보는 존재하지 않았다.

더욱이 그는 지금 할아버지라고 말했다. 지금은 드래곤이

멸종되고 거의 오백 년이 넘는 시간이 흘렀다.

그런데도 고작 삼 대만 지나왔다는 게 말이 되는가?

리안의 놀라움이 고스란히 드러난 탓인지 차이가 말을 이었다.

"아버지께서 말씀하시길 드래곤이신 레켄스토 님의 영향으로 인간이지만 수명이 길게 늘어났다고 합니다. 하지만 대(代)가 지날수록 희석이 되기 때문에 저는 할아버지와 아버지에 비해 오래 살지는 못합니다."

"그 오래라는 게 어느 정도인가요?"

"글쎄요. 할아버지께선 거의 오백 년을 사셨고, 아버지께선 사백 년을 조금 못 사셨습니다."

"사오백……."

리안은 멍하니 숫자를 중얼거렸다. 인간의 몸으로 그 오랜 세월을 살 수 있다니 그저 놀라웠다.

차이의 나이가 문득 궁금해졌지만 그의 계속된 설명에 다음으로 미뤄야 했다.

"레켄스토 님이 돌아가시고도 할아버지께선 계속 레어를 지켜오셨지만, 아버지는 갑갑하셨던 모양입니다. 인간은 인간과 어울려야 한다며 어느 날 레어를 뛰쳐나와 가문을 하나 세우셨지요."

"그럼 그게……."

"네, 크라우저 가문이 탄생한 겁니다. 많은 공을 세우신 아버지는 금방 후작 자리에 오르셨지만, 예상과 달리 인간들과 의 관계가 매우 힘드셨다고 합니다. 그래서 차츰차츰 세상과 거리를 두시게 되었죠."

"그를 이상하게 생각하던 자가 아무도 없었나요?"

늙지 않는 후작의 외모는 충분히 사람들의 입에 오르내릴 만했다. 리안은 그런 자들을 크라우저 후작가에서 어떻게 처리해 왔는지 궁금했다.

"아버지께선 누구보다도 용의주도하신 분이셨습니다. 변장에 매우 능하셨죠."

"마법을 이용한 변장이었나요?"

"그건 아닙니다. 환각 마법은 4서클 이상의 마법사라면 누구나 알아볼 수 있으니까요. 그리고 그 시절엔 마법사의 수가 지금보다 훨씬 많았습니다."

"하긴 그렇군요."

그의 아버지에 대한 이야기를 하면서 시간은 몇백 년 전을 거슬러 올라가고 있으니 리안은 묘한 기분이 들었다.

"있는 듯 없는 듯 지내다 보면 점점 사람들의 관심에서 멀어지게 됩니다. 보통의 귀족들은 자신의 세력을 넘보지 않는 이상 신경 쓰지 않는 자들이 대부분이고요."

차이의 말을 요약해 보면, 남들이 이상하게 생각하지 않을 정도로 적절히 변장을 해가며 살다가, 서서히 중앙 정치에도 손을 떼고 조용히 지내왔다는 말이었다.

하지만 그의 말처럼 정말 아무도 관심을 두지 않았을까?

자신만 하더라도 그에게 가장 큰 관심을 가지지 않았던가. 그에 관한 것이라면 모든 게 고급 정보에 속할 만큼 정보계에서도 그를 주시하고 있었다.

더욱이 그의 존재를 두 공작 가문에서 모르고 있다는 건 어쩐지 말이 안 되는 것 같았다.

그런 리안의 의문을 느낀 듯 차이가 마저 설명했다.

"당연히 예외는 있습니다. 타운젠드 공작과 맥카시 공작이 좋은 예죠."

"십 년 전쯤에 당신이 타운젠드 공작가에 갔었단 얘기를 들었습니다. 그들과는 쭉 만나온 건가요?"

"그렇지 않습니다. 그때는 잠시 귀찮은 일이 생겨 해결하기 위해 간 것뿐입니다."

"공작들은 당신에 대해 어디까지 알고 있죠?"

"글쎄요. 자세히는 몰라도 아마 제가 특별하다는 것 정도는 두 공작도 알고 있을 겁니다. 한쪽은 매일같이 열심히 감시를 하고 있으니 좀 더 많이 알고 있을지도 모르겠네요."

"감시를 당하고 있나요?"

"네, 어차피 포기하지 않을 것을 알기에 그냥 달고 다니고 있습니다."

"공작들은 왜 당신을 가만히 두는 거죠? 당신을 힘으로 제압할 수가 없기 때문인가요?"

"제대로 싸워보지 않아 그건 잘 모르겠지만, 우리 가문의 존재가 밝혀지는 걸 제일 꺼려하는 이들이 바로 공작들입니다."

"그게 무슨 소리죠?"

리안은 의아했다.

"인간들이란 항상 특별한 것에 목말라 합니다. 공작가를 향해 있던 관심들이 갑자기 저에게 몰린다고 생각해 보십시오. 그건 저도 원하지 않지만, 가장 원치 않는 건 아마 공작들일 겁니다."

듣고 보니 그랬다.

백성의 관심을 뺏긴다는 건 군림하는 자에게 있어서 가장 치명적인 것이었다. 공작들은 자신들의 치세를 위해서라도 끝까지 모른 척할 게 분명하다.

그러면서 뒤로는 차이를 몰래 감시하며 호시탐탐 기회를 엿보겠지.

왠지 순간 리안은 차이가 안 됐다는 생각이 들었다.

"누가 왔군요."

"응?"

차이의 말이 떨어지기가 무섭게 갑자기 예고도 없이 문이 벌컥 열렸다.

콰앙!

그리고 그 문으로 라키아와 아사가 성큼성큼 걸어 들어왔다. 아니, 걸어 들어온 건 라키아 혼자였다. 긴 금발을 휘날리며 아사가 뛰어왔다.

"리안! 괜찮아?"

그런 녀석의 표정이 거의 울 것 같아서 리안은 깜짝 놀랐다.

"아사, 무슨 일이야?"

"리안이 다칠까봐 가슴이 조마조마 했어! 정말 괜찮은 거지?"

"보면 알잖아. 난 멀쩡해."

리안은 안심하라며 아사의 등을 토닥여줬다. 그리고 그제야 라키아도 이상하다는 걸 알았다.

"라키?"

라키아의 손에는 시퍼런 검이 들려 있었다. 게다가 그는 당장이라도 달려들 법한 기세로 차이를 무섭게 노려보고 있었다.

반면 차이는 리안과 대화하던 그 자세 그대로 서 있었다. 그는 라키아의 위협에도 전혀 주눅 들지 않았을 뿐만 아니라 여유가 넘쳤다.

라키아의 공격을 언제라도 가볍게 피할 수 있다는 자신감이 전신에서 느껴졌다.

"리안, 너 괜찮아?"

라키아가 차이에게서 눈을 떼지 않은 채 물었다. 여전히 아사는 리안의 품에서 훌쩍이고 있었다.

"휴우."

한숨이 나왔다. 대체 무슨 상상들을 하고 온 건지.

"라키, 난 괜찮으니까 검 치워. 저분은 나를 해치려고 온 사람이 아니야."

"네 상태가 좋지 않아서 말하지 않았는데, 강당이 무너지던 날 저자를 봤어! 그때 저자는 널 해치려고 했었어!"

"그렇지 않아, 라키. 진정하고 내 말 들어."

"리안, 너야말로 내 말 좀 들어. 지금은 무슨 일로 얌전한지 모르지만 언제 돌변할지 몰라. 저자는 나조차 감당하기가 어려운 상대란 말이야."

항상 자신만만하던 라키아의 입에서 나온 말치고는 놀랍기 그지없었다. 언제나 본인 위에는 아무도 없다는 듯 행동하던 그가 아닌가.

처음 보는 라키아의 모습에 아사도 놀란 듯 리안을 향해 고개를 들며 물었다.

"정말? 저자가 그렇게 세?"

"아마도."

리안은 부정하지 않았다. 그의 본신의 능력을 다 보지는 못했지만, 그가 자신보다 센 것은 확실했다.

태생부터 특별한 그가 아닌가.

알람 마법을 뚫고 여기까지 찾아온 것을 보면 그의 능력을 능히 짐작할 수 있었다.

"우와, 흰머리 자식보다 센 인간이 있을 줄은 몰랐는걸."
"되다 만 고양이, 너 조용히 못해!"
"훗."
아사와 라키아의 대화가 재밌었는지 차이가 피식 웃었다. 화난 라키아의 시선이 다시금 그를 향해 쏘아질 때 리안이 말했다.
"라키, 크라우저 후작님이야. 예의를 갖춰."
"뭐?"
그건 또 무슨 소리냐는 듯 라키아가 얼굴을 와락 일그러뜨렸다.
"그동안 내가 찾아다녔던 거 알잖아. 저분이 크라우저 후작님이야."
리안의 진지한 음성 때문일까?
라키아가 그제야 검을 쥔 손에 힘을 빼며 리안을 돌아봤다.
"……진짜냐?"
"응, 방금 전까지 후작님과 통성명을 하고 대화를 나누던 중이었어."
라키아의 얼굴에 낭패의 기색이 돋았다. 그때 차이의 음성이 끼어들었다.
"용케 살아 있었군."
그의 차가운 검은 눈동자가 라키아의 신체를 천천히 훑어 내렸다. 그 작은 움직임 하나에 라키아는 자신도 모르게 몸을 흠칫 떨었다. 온몸으로 찌릿찌릿함이 전해졌다.

그는 말 한마디로 라키아의 정체를 알고 있음을 시인했다. 아무도 몰라본 리안의 마법을 그가 너무 쉽게 간파하자 라키아는 그답지 않게 두려운 마음이 들었다.

"어떻게 알아보았죠?"

리안은 아사를 품에서 떼어내고 차이에게로 걸어갔다. 이해가 안 갔기 때문이다.

일전에 럼블리 백작은 라키아를 바로 코앞에서 보고도 라키아의 정체를 알아채지 못했다.

처음에는 그 이유를 몰랐지만, 며칠 후 그것이 용언마법 때문임을 알 수 있었다.

용언마법과 인간마법에는 다양한 차이가 존재하는데, 그중의 하나가 바로 마법의 완벽함이었다.

완벽한 용언마법 덕분에 라키아의 변용한 얼굴을 백작에게 들키지 않을 수 있었던 것이다.

그러니 당연히 차이도 몰라야 하는 것이 정상이었다. 그는 가디언의 후예이지 드래곤이 아니다.

그가 익힌 마법은 분명 드래곤에게서 배운 것이지만 인간마법이었다.

"당신은 용…… 아니, 나의 마법을 알아볼 수 없을 텐데요."

용언마법이라고 말하려던 리안은 급히 말을 고쳤다.

"……?"

드러난 차이의 한쪽 눈썹이 살짝 위로 올라갔다가 내려왔다. 그는 리안의 뜻을 알아차린 듯했다.

그가 라키아와 아사를 돌아보더니 말했다.

"당연히 알아볼 수는 없습니다. 감히 그럴 수 없지요. 하지만 '그분' 은 제게 진실을 보는 눈을 주셨습니다."

"그분이라면 당신의 할아버지가 섬겼다던……?"

"네, 그분의 각인이 할아버지와 아버지를 거쳐 제게로 전해졌습니다."

블랙 드래곤의 각인.

차이는 그것을 진실을 보는 눈이라고 말했다.

리안의 시선이 그의 검은 눈동자에 집중되었다. 마치 인사라도 하듯 그의 눈동자가 꿈틀 움직였다.

차이의 오드아이는 각인으로 인해 만들어진 것일까?

리안이 의문이 가득한 눈으로 차이를 바라볼 때, 라키아가 끼어들었다.

"대체 둘이 무슨 소리를 하는 거야! 그분은 뭐고 각인은 또 뭔데?"

"맞아, 리안. 좀 알아듣게 얘기해 줘."

아사도 덩달아 불평했다.

리안은 난처한 눈으로 차이를 쳐다봤다. 라키아와 아사의 태도를 보니 지금 당장 말해주지 않으면 큰일이라도 날 기세였다.

리안이 곤란해하자 나선 것은 차이였다.

"내가 특별하다는 건 너도 이미 알고 있지 않나?"

"무슨 뜻이지?"

"나의 할아버지께선 과거 어떤 분에게 인간으로서는 지니기 어려운 힘을 받으셨다. 그리고 그 힘은 지금의 내게로 이어졌지."

"아아, 그래서 흰머리보다 센 거구나?"

라키아는 여전히 이해할 수 없는 얼굴인데 반해, 아사는 고개를 끄덕이며 손뼉을 쳤다.

이제 보니 녀석은 라키아보다 강한 인간이 있다는 것에 기뻐하는 것 같았다.

항상 류지가 라키아보다 세다고 바득바득 우겼으면서 내심은 그게 아니었던 모양이다.

"크크, 류지 오면 얼른 말해 줘야지."

라키아가 흘겨보는 것도 모른 채 아사가 키득거리며 중얼거렸다.

"저……."

그때 열린 문으로 하인의 음성이 들려왔다. 소란을 듣고 깬 하인들이 어쩔 줄 몰라 하며 밖에 서 있는 것이 보였다.

"이런, 미안."

잠을 깨운 것에 대해 사과하며 리안은 서둘러 그들을 돌려보내고 서재의 문을 닫았다. 황제가 잠든 침실이 층이 다르고 방향이 반대라는 것이 참으로 다행이었다.

"아, 다리 아프다. 리안, 이리 와봐."

문을 닫고 돌아오는 리안을 아사가 갑자기 소파로 끌고 갔다. 그리곤 자리에 앉히더니, 리안의 무릎에 머리를 대고 드러누웠다.

"나 오늘 하루 종일 말꼬랑지 찾는다고 무척 피곤했어. 그러니 리안이 좀 안아줘야 해."

"말꼬랑지?"

"응, 저기 서 있는 인간 말이야."

아사가 가리키는 건 차이였다. 녀석은 라키아를 흰머리라고 부르는 것으로도 모자라, 단정하게 묶인 차이의 긴 머리칼을 한순간에 말꼬랑지로 추락시켰다.

기분이 나쁠 법도 하건만 의외로 차이는 담담했다.

"생긴 게 말 꼬리랑 비슷하잖아. 아무튼 흰머리 말이 말꼬랑지가 리안을 해칠 수도 있다나? 엄청 세다면서 얼마나 겁을 내던지. 아침부터 지금까지 온종일 찾아다녔어. 나 피곤해, 리안."

아사가 리안의 손을 잡고 자신의 머리로 손을 가져가더니 쓰다듬는 시늉을 했다. 다분히 엄살이 섞여 있었지만, 리안은 녀석의 소원대로 천천히 머리칼을 쓰다듬었다.

"흰머리랑 말꼬랑지도 와서 앉지 그래. 다리 안 아파?"

아사의 음성은 어느새 매우 나긋하게 변해 있었다. 게슴츠

레하게 뜬 눈을 보니 잠까지 오는 모양이다.

"저게 말끝마다 진짜."

라키아가 구시렁거리며 소파로 와 앉았다.

"와서 앉으세요."

굳은 듯 서 있던 차이도 리안의 말에 고개를 주억이며 바로 걸어와 앉았다.

리안은 아사를 안고 있는 것에 대해 어색한 웃음으로 양해를 구하며 말했다.

"크라우저 후작님께 한 가지 부탁드리고 싶은 게 있습니다."

"무엇이든 말씀하십시오."

"아시는지 모르겠지만 라키는 지금 세상에는 없는 사람입니다. 반역을 저지른 죄로 가문이 몰락하고 쫓기다가 시체가 발견되었죠."

"일부러 조작을 하신 겁니까?"

"네, 라키는 죄를 짓지 않았거든요."

"알고 있습니다."

리안의 단호한 어조에 차이는 망설임 없이 동의했다. 리안이 그걸 어떻게 아냐는 눈초리를 보내자 그가 말을 이었다.

"제겐 진실을 보는 눈이 있으니까요."

"아, 잠시 잊고 있었습니다. 어쨌든 부탁드리기가 쉬워졌네요. 라키에 대해서는 함구해 주십시오. 지금은 아직 그의 존재가 드러나서는 안 됩니다."
"그렇게 하겠습니다."
리안의 부탁이 허탈할 정도로 그는 너무 쉽게 허락했다.
차이를 보고 있으면 리안은 자신이 무슨 말을 해도 그가 들어줄 것 같은 기분을 느꼈다.
그러고 보니 그는 이상하리만치 정중한 태도를 보이고 있었다. 조금 전 라키아와 아사에게 말할 때와는 천지 차이였다.
자신을 향한 눈빛도 그랬다.
그가 처음부터 자신을 저런 눈빛으로 보았던가?
차갑고 섬뜩하게만 느껴졌던 차이의 눈빛이 지금은 언제 그랬냐는 듯 다정하고 부드럽다.
하지만 그 눈빛이 라키아와 아사를 향할 때면 전혀 다르게 변하는 것을 리안은 보았다.
지금도 리안의 다리를 베개 삼아 자고 있는 아사를 탐탁지 않게 쳐다보고 있었다.
이유가 궁금했지만 리안은 일단 그에게 고마운 마음부터 전했다.
"그렇게 해주신다니 감사합니다. 분명 후작님께 라키도 감사해할 거예요. 그렇지, 라키?"
"……감사합니다."
떨떠름한 말투였지만 라키아는 이제 차이를 후작으로서 대했다. 처음 만남이 엇갈려서 그렇지 리안은 둘이 잘 지냈으면

하는 바람이었다.

그때 차이가 리안에게 청했다.

"앞으로 차이라고 불러 주십시오."

"네?"

"후작이란 칭호는 제겐 낯섭니다."

"하지만……."

"말씀도 놓아 주셨으면 합니다. 여기 이 둘을 대하듯이 말입니다."

리안은 당황했다. 그건 라키아도 마찬가지였다. 갑작스레 이름을 불러달라며 말까지 놓으라는 차이의 말에 둘은 정말로 당혹스러웠다.

백작인 리안이 후작인 그에게 어떻게 하대를 한단 말인가?

그건 있을 수 없는 일이었다.

하지만 차이는 진심인 것 같았다.

"그 편이 친근하게 느껴집니다. 이제라도 리안 님을 만날 수 있게 되어서 기쁩니다."

그렇게 말하는 차이의 얼굴에는 이제껏 보지 못했던 미소가 피어 있었다. 그 미소가 너무 보기 좋아서 리안은 한동안 아무 대답도 할 수가 없었다.

제5화 드래곤 피어?

오랜만에 외알 안경까지 꺼내든 알만은 신중하게 식탁 위를 살폈다. 그런 그의 뒤에는 성의 하녀인 헬렌과 주디스가 긴장된 얼굴로 시립하고 있었다.

알만이 미간에 주름까지 만들며 주의 깊게 보고 있는 것은 줄지어 놓여 있는 하얀 접시들이었다.

그의 눈썹이 꿈틀 움직이는가 싶더니 그가 허리를 펴고 일어섰다.

“헬렌.”

“네, 집사님.”

“이건 이가 빠졌고, 저건 덜 닦였어. 당장 바꾸도록.”

"죄, 죄송합니다!"

헬렌이 급히 사죄하며 알만이 가리킨 접시를 들고 주방으로 뛰어갔다.

"주디스."

"네!"

그런 헬렌의 뒷모습을 딱하게 쳐다보던 주디스가 알만의 호명에 냉큼 고개를 돌렸다.

알만이 바닥을 둘러보며 말했다.

"걸레질을 다시 한 번 하는 게 좋을 것 같아. 먼지 나지 않도록 조심하고."

"네, 집사님."

주디스가 재빨리 걸레를 가지러 달려갔다. 알만은 식탁을 한 번 더 훑은 뒤 주방으로 향했다. 이제 마지막으로 남은 것은 음식 체크였다.

오늘의 만찬은 언제보다 중대한 자리였다.

내일이면 황제가 모든 일정을 마치고 황도로 돌아간다. 아쉬움을 달래기 위해서 리안은 성의 모든 손님을 저녁 식사에 초대했다.

황제와 황후인 레지나는 물론이고, 대마법사인 럼블리 백작, 호위기사로 함께 온 크리스와 로스 백작, 그리고 성의 주인인 리안과 타운젠드 공작의 손녀인 레베카 양이 참석하기로 하였다.

작금에 거론되는 사람들은 누구 하나 중요하지 않은 인물이 없었다.

그렇기에 한 치의 실수도 해서는 안 되었고, 음식도 어느 때보다 훌륭해야 했다. 성을 책임지는 집사로서 알만은 멋진 저녁 시간을 만들어야 할 의무가 있었다.

그런 그의 노력 덕분이었을까?

초대된 손님 모두가 음식에 만족하며 만찬 분위기가 즐겁게 무르익었다.

놀랍게도 그런 분위기를 주도한 것은 레베카였다. 그녀는 아름다운 외모만큼이나 화술에도 남달랐다.

많은 여행 경험 덕분인지 어떤 상대와도 대화가 통했으며, 이야기를 이끌어내는 솜씨가 아주 탁월했다.

이 세상 사람이 아닌 듯한 얼굴로 화사한 미소까지 짓고 있는 그녀를 보고 있으면, 아마 어떤 사람이라도 말을 하지 않고는 못 배길 것이다.

상대의 말을 귀 기울여 듣는 그녀의 태도는 솔직하면서도 진정성이 느껴졌다.

리안의 개인적인 생각이지만, 아마도 그녀와의 대화를 거부할 수 있는 존재는 제국에 몇 되지 않으리라(그 몇에 리안은 차이와 라키아를 단연 추천했다).

기사단의 단장이 둘이나 있어선지 화제는 자연스레 기사들에 관한 이야기로 흘러갔다.

대체로 말을 하는 것은 로스 백작이었고, 크리스는 간간히 사람들의 묻는 말에 대답하는 형식이었다.

그러던 차 갑자기 레베카가 리안을 향해 물었다.

"참, 칼리스타 백작님께 여쭤보고 싶은 게 있습니다. 낮에 잠깐 기사단이 훈련하는 모습을 보았는데, 멋모르는 제 눈에도 실력이 대단해 보이더군요. 혹 황실 기사 대회에 참석하실 생각이신가요?"

그녀가 의도한 것은 아니겠지만 그 질문에 모든 시선이 리안에게로 쏠렸다. 그들의 눈빛은 대충 두 부류로 나눌 수 있었다.

의외와 놀람.

마법사인 리안이 마법 병단이 아닌 기사단을 키우고 있다는 것에 황제와 럼블리 백작은 뜻밖이라는 표정이었고, 크리스와 로스 백작은 놀란 한편 왠지 수상한 빛을 띠고 있었다.

그도 그럴 것이 지난 며칠간 그들이 살펴본 결과 드래곤 기사단은 이런 시골 영지에 머물 만한 실력이 아니었다.

단련된 몸, 날카로운 안광, 절제된 움직임.

차분한 그들의 기도를 보면 누군가에게 상당한 시간 동안 체계적으로 훈련을 받았음을 알 수 있었다.

훌륭한 기사를 만드는 건 환경의 좋고 나쁨도 필수지만, 그보다 중요한 건 스승이었다.

어떤 스승이 무예를 가르치느냐에 따라 기사들의 실력이 천차만별로 갈리는 것을 두 단장은 보아왔다.

물론 배우는 자의 재능과 노력 여하에 따라 실력이 나눠지는 것도 당연한 일이었다.

대체 어떤 자가 이렇듯 훌륭한 기사단을 만들었는지 둘은 궁금했다.

크리스와 로스 백작은 각기 부하들에게 기사단의 스승에 대해 알아오라는 지시를 내렸다. 그리고 놀라운 말을 들었다.

그들에게 스승이란 없으며, 간간히 단장과의 대련으로 가르침을 받는 것이 전부라고 하였기 때문이다.

크리스와 로스 백작은 기가 막혔다.

기사가 스승이 없다니?

이건 정말이지 말도 안 되는 소리였다.

하지만 더욱 놀라운 건 단장이라는 자의 나이가 고작 이십대라는 것이었다.

나름 이쪽 방면에서 천재라는 소리를 들으며 살아온 둘은 이 사실을 곧이곧대로 믿어야 할지 말아야 할지 심각하게 고민했다.

혹시 거짓인가 싶어 성의 하인들에게도 확인해 본 결과 젊은 단장의 이야기는 거짓이 아니었다.

궁금하지 않다면 기사가 아닐 것이다. 그런 젊은 나이에 단장까지 오르고 저런 단원들을 육성했다니, 꼭 만나보고 싶었다.

하지만 누구의 장난인지, 영주의 심부름으로 그는 장기간 출타 중이었다. 이제 내일이면 황도로 떠나야 하는데, 아직까지도 단장이란 자의 코빼기도 보지 못하고 있었다.

대체 어디로 무슨 심부름을 보낸 것인지 리안을 잡고 물어보기라도 하고 싶은 심정이었다.

'나중에. 나중에 아시게 될 겁니다.'

그들이 라키아에 대해 궁금해한다는 건 리안도 엘에게 들어 이미 알고 있었다. 리안은 미안한 마음을 담아 크리스를 향해 속삭였다.

사족이지만 라키아는 황제와의 만남을 피하기 위해 성의 출입을 자제하는 중이었다. 황제가 영지를 떠나지 않는 이상 라키아는 절대로 모습을 드러낼 수 없었다.

'조금만 더 기다려 주십시오.'

리안이 크리스에게서 눈길을 거두고 레베카의 질문에 답변했다.

"글쎄요. 아직 그런 생각은 해보지 못했습니다. 황실 기사 대회라면 제국에서 가장 권위 있는 기사 대회가 아닙니까. 진정한 실력자만이 참가할 수 있다고 들었습니다."

"칼리스타 백작님께선 겸손이 너무 지나치신 것 같군요. 로스 백작님이 말씀하시길, 황도의 여느 기사단 못지않다고 칭찬하시던 걸요."

"그러셨습니까?"

로스 백작이 칭찬을 했다니 리안은 쉬이 믿어지지 않았다. 본인이 소드 마스터라는 사실에 지나칠 정도의 자부심을 갖고 있는 백작은 절대로 남을 칭찬하는 타입이 아니었다.

낯빛을 보아하니 그렇게 말한 것은 사실이나 굳이 그 말을 리안에게는 하고 싶지 않았던 듯하다.

그가 어색한 웃음을 지으며 변명했다.

"일부러 보려고 한 것은 아니니 오해하지 마십시오. 굳은 몸을 풀기 위해 연무장을 찾았다가 우연찮게 보게 된 것입니다."

"이해합니다."

"다듬어야 할 점들이 몇 군데 보이긴 했지만, 실력들이 다들 출중하더군요. 황실 기사 대회에 참석할 만한 기량을 충분히 갖추었다고 생각합니다."

리안이 마정석을 박아 넣은 연무장은 내성의 가장 깊숙한 곳에 위치하고 있었다. 그곳은 기사단만이 출입할 수 있는 곳으로 외부인은 드나들 수 없었다. 만약 로스 백작이 그곳에 갔었다면 리안에게 보고가 올라왔을 것이다.

그가 몸을 풀기 위해 찾아간 연무장은 기사단도 가볍게 몸을 풀 때나 찾는 곳으로, 성의 모든 이들에게 개방된 곳이었다.

마음에도 없는 칭찬에 다시금 입가에 경련이 이는 그를 보며 리안은 만면에 웃음을 머금었다.

"그리 칭찬해 주시니 감사합니다. 로스 백작님께서 그렇게까지 말씀하시니 저도 한 번 신중히 생각해 보겠습니다."

"황실 기사 대회는 제국의 역사와 시간을 같이 했을 만큼 오랜 전통을 자랑합니다. 10위 안에만 들어도 해당 기사가 속한 기사단의 위명이 제국 전역으로 퍼지지요. 신생 기사단이 유명해질 수 있는 가장 빠른 길이니 칼리스타 백작님께 참가하기를 적극 권해드려요."

"조언 감사합니다."

레베카의 친절에 리안은 감사의 뜻으로 고개를 살짝 숙였다가 들었다.

로젠바움 황실 기사 대회.

4년에 한 번씩 황도에서 열리는 이 대회는 전국 각지에서 기사와 구경꾼들이 모여드는 제국의 가장 큰 행사 중 하나였다.

기사 작위를 가진 자라면 누구나가 참석이 가능했고, 우승을 하면 상금이 무려 2000골드나 되었다.

삼등 안에만 들어도 황제를 볼 수 있는 기회가 주어졌으며, 그때 황제는 어떤 소원이든 들어주는 것이 관례였다.

꼭 우승을 하지 않더라도 대회에 참가해 이름을 알린 자들은 귀족들의 눈에 띄어 좋은 자리를 꿰찰 수 있었으니, 그야말로 신분이 낮고 가진 것 없는 자들에게는 출세할 수 있는 아주 좋은 기회였다.

'라키아가 과연 참가하려고 할까?'

그가 나가면 당연히 우승은 따 놓은 당상일 것이다.

하지만 리안이 아는 라키아는 그런 대회 따위에는 관심이 없었다. 반역자로 몰리기 전에도 그가 기사 대회에 나갔다는 얘기는 듣지 못했다.

라키아가 대회에 나가 우승이라도 해주면 기사단의 명성이 높아지는 것은 순식간이겠지만, 리안은 회의적이었다.

"레베카 양의 말씀을 듣고 있으니 문득 그립습니다."

"럼블리 백작님?"

레베카가 리안에게서 시선을 떼고 백작에게로 몸을 틀었다.

"대회 말입니다. 황실 기사 대회는 모든 기사들의 축제가 아닙니까? 마법사들에겐 축제란 없습니다. 오래전에 모두 사라졌지요."

그의 목소리엔 우울함이 깃들어 있었다. 괜한 말을 꺼냈다고 생각했는지 레베카가 미안한 어조로 그를 위로했다.

"너무 낙심하지 마세요. 칼리스타 백작님께서 마법 아카데미를 세우셨고, 황실 마법사들께서 마법을 가르치기 시작했으니 마법사들의 수가 점점 늘어나지 않겠어요? 그렇게 되면 다시 마법 대회도 부활할 수 있을 거예요."

"맞아요, 럼블리 백작님. 제자 분들께서 애를 쓰고 계시니 머지않은 일이라고 생각합니다."

레지나도 거들었다. 그러자 라테스도 고개를 끄덕이며 동조했다.

"성과가 좋으면 앞으로도 계속 꾸준히 황실 마법사를 내세워 마법이 부흥할 수 있도록 힘쓸 생각이네. 그러니 서글퍼 말고 황실 마법사의 수장으로서 더욱 노력하게나."

"네, 폐하. 명심하겠습니다. 소신이 잠시 주책을 부렸습니다. 용서하십시오."

둘만 있는 자리였다면 절대로 볼 수 없는 황제와 백작의 모습이었다. 왠지 어울리지 않았다.

리안이 속으로 웃음을 삼킬 때, 황제가 리안에게 말했다.

"입학식의 사고에도 불구하고 아카데미가 잘 운영되고 있다고 들었네. 큰 사고임에도 사망자가 없는 것과 빠른 대처는 많은 귀족들이 본받아야 한다고 생각하네."

"과찬의 말씀입니다, 폐하."

"부디 아카데미가 발전하여 마법이 다시금 융성하는 시대가 왔으면 좋겠군. 기대하겠네."

"폐하의 기대를 저버리지 않기 위해서라도 최선을 다하겠습니다."

"그러고 보니 그자는 어떻게 되었습니까? 강당을 무너뜨린 사내 말입니다."

잠시 대화에 공백이 난 틈을 타 로스 백작이 타이밍 좋게 끼어들며 물었다.

강당이 부실 공사로 인해 무너졌다고 알려지면 아카데미의 이미지에도 좋지 않기 때문에 어쩔 수 없이 키넌의 존재를 알릴 수밖에 없었다.

다만 그가 흑마법사이고 전직 황실 마법사였단 것까지는 공개하지 않았다. 그 사실은 오로지 리안의 측근과 황제 그리고 럼블리 백작만이 알고 있었다.

"배후를 캐기 위해 구금을 한 상태입니다."

"날짜가 많이 지났는데 아직도 입을 열지 않았단 말입니까?"

로스 백작의 눈에 한심하다는 기색이 떠올랐다. 그런 건 자신에게 맡기면 한방에 끝낼 수 있다는 자신감이 서린 눈빛이었다.

"직접 말할 수 있는 기회를 주기 위해 고문은 하지 않았습니다. 조만간 입을 열겠지요."

이미 키넌의 입은 열렸다.

단지 그것이 리안이 아닌 럼블리 백작에게만 한정되어 있다는 게 문제라면 문제였다.

백작을 통해 리안은 키넌의 지난 삶에 대해 대충 알게 되었다.

금단의 마법에 손을 댄 대가로 죽었어야 할 그가 지금까지 살아남은 이유는 맥카시 공작 덕분이었다. 처형을 담당했던 공작의 측근이 그를 빼돌린 것이다.

맥카시 공작은 황실 마법사를 살려주는 대가로 그의 충성을 원했다.

살기 위해서 어쩔 수 없이 그의 사람이 되어야 했던 키넌은 발각의 위험 덕분에 지금까지 연구에만 몰입하며 살아왔다고 한다.

십여 년의 세월을 홀로 외로이 수련에만 몰두한 덕택에 비로소 4서클의 마법사가 되었다는 키넌은 정말로 사람을 죽이는 일만은 하고 싶지 않았다고 했다.

하지만 그의 생명줄을 쥐고 있는 것은 공작이고, 키넌은 공작의 명을 따라야 했다.

럼블리 백작은 리안에게 이렇게 청했다.

"키넌의 죄가 무겁긴 하지만 녀석은 자기도 살고 싶어서 그런 겁니다. 저 녀석은 원래부터 소심했어요. 아마 그래서 도망도 못 쳤을 겁니다. 평생을 도망 다니면서 살아야 할 배짱 따위는 없는 녀석이죠. 더욱이 자신이 좋아하는 마법을 포기하면서 말이에요. 백작님께서 한 번만 봐주십시오. 딱한 녀석입니다."

요즘 세상에 누구를 붙잡고 물어도 사정없는 사람은 없을 것이다. 키넌의 사연은 면죄부가 될 수 없었다.

럼블리 백작이 무릎까지 꿇으며 통사정을 했지만 리안은 강경했다.

아무리 사망자가 없다지만 조금만 늦었어도 대량의 사상자가 발생할 수 있었다. 키넌은 그 죗값을 치러야 했다.

"이제 내일이면 황후와 난 황도로 올라가네. 처남은 언제 또 볼 수 있겠는가?"

로스 백작이 더 이상 곤란한 질문을 할 수 없도록 라테스가 일부러 화제를 돌렸다. 짧은 시간이었지만 레지나가 나고 자란 이곳에서의 생활이 그는 정말로 즐겁고 행복했다.

"여기 일이 마무리가 되는 대로 곧 올라가 찾아뵙겠습니다. 그리고 내일은 제가 직접 영지 밖까지 모시겠습니다."

"자네의 그 친절 감사히 받겠네."

레지나에게 오라비와의 시간을 조금이라도 더 주고 싶은 게 라테스의 마음이다. 반색하는 레지나를 황제가 흐뭇하게 바라보며 일어섰다.

"내일부터 다시 여행길에 오를 테니 로스 백작과 윈체스터 백작도 오늘밤은 푹 쉬게나."

알만이 심혈을 기울여서 준비했던 만찬은 그렇게 끝이 났다. 생각보다 긴 시간은 아니었지만, 마련된 음식은 거의가 동이 났고 다들 만족스럽게 잠자리에 들었다.

하지만 모두가 잠든 시각, 조심스럽게 침실 문을 열고 나와 어딘가로 향하는 자가 있었으니 럼블리 백작이었다.

그가 친구와의 마지막 인사를 위해 조용히 지하 감옥으로 발걸음을 옮겼다.

* * *

"저도 따라가도 되겠습니까?"

갑작스레 들리는 음성에 리안은 걸음을 멈추고 뒤를 돌아보았다. 음성의 주인공은 차이였다.

늦은 밤, 창가로 내비치는 달빛 아래 차이가 서 있었다. 그는 일전에 리안을 처음 찾아왔을 때와 차림새가 크게 달라지지 않았다.

한쪽 눈과 머리색을 빼고는 온통 흑색으로 포장한 사내.

차이를 보고 리안은 긴 한숨을 내쉬었다.

"크라우저 후작님, 제가 누누이 말씀드렸지만 이렇게 불쑥불쑥 나타나시면 곤란합니다. 사람들이 깜짝 놀란다고요."

"아무도 저를 발견하지 못했습니다. 그리고 차이라고 불러주십시오."

"저는 백작이고 후작님은 후작입니다. 어떻게 백작이 후작의 이름을 함부로 부릅니까?"

"리안 님은 드래곤의 힘을 계승하셨습니다. 그럴 자격이 충분하십니다."

"휴."

도무지 말이 통하지 않는다. 첫 만남 이후로 계속 따라다니며 이름을 불러 달라는 차이 때문에 리안은 이젠 짜증이 일 정도였다.

현실적으로 나이로 보나 작위로 보나 말을 놓아야 할 건 리안이 아니라 차이였다.

하지만 그는 리안이 용언마법을 계승했고 그가 가디언의 후예라는 이유로 한사코 리안을 모시겠다며 억지를 부리는 중이었다.

기가 막힌 상황인 것이다.

리안은 드래곤도 아닐뿐더러, 차이의 할아버지가 모신 건 세이프리드가 아닌 블랙 드래곤 레켄스토였다. 그러니 당연히 리안을 모셔야 할 이유 따위는 차이에게 없었다.

그러나 차이의 신념은 확고했다.

“용언마법을 익힌 리안 님에게선 드래곤의 향기가 납니다. 저는 그 향을 거역할 수 없습니다. 아버지가 살아계셨다면 여쭤볼 수 있었을 텐데, 아마도 그건 본능인 것 같습니다.”

“향기라니요? 제게서 냄새가 난다는 말씀인가요?”

리안은 팔을 들어 코로 킁킁 냄새를 맡아 보았다. 다행히 아무런 냄새도 맡을 수 없었다.

“걱정하지 마십시오. 저만 맡을 수 있으며, 악취가 아니라 매우 좋은 향이니까요.”

차이가 부드럽게 웃었다. 차가운 그의 인상과는 어울리지 않는 미소였다.

그래서일까? 묘하게도 리안은 차이의 그 웃음이 마음에 들었다. 그 순간만큼은 차이가 정말 인간처럼 느껴졌다.

하긴, 인간이 맞기는 하다. 보통 사람보다 오래 사는 인간.

리안은 정신을 가다듬으며 고개를 저었다.

"아무튼 안 됩니다. 저는 그럴 수 없어요."

"그들은 되고 저는 왜 안 됩니까?"

차이가 말하는 그들이란 라키아와 아사를 말하는 것이었다. 리안은 아사는 자신에게 동생과도 같은 존재이며, 라키아는 현재 호위기사로 위장하고 있으니 그럴 수밖에 없는 것임을 잘 설명했다.

그러자 차이가 기다렸다는 듯 의견을 내놓았다.

"저도 리안 님의 호위기사로 들어가면 되지 않겠습니까?"

"네에?"

"라키아 군보다는 제가 호위기사에 더 어울린다고 생각합니다."

"후작이 백작의 호위기사가 되었다는 얘기는 들어본 적이 없습니다. 제발 그만하십시오."

리안은 어이가 다 없었다.

"아무도 찾지 않는 후작입니다. 제가 말하지 않는 이상 후작인 것도 모릅니다. 평생 리안 님의 호위기사가 되겠습니다."

고개까지 숙이는 모습이 사뭇 엄숙했다. 리안은 정말이지 그의 끈기에 박수를 보내고 싶은 심정이었다.

하지만 그의 말대로 따라줄 수는 없었다. 그건 아무리 생각해도 말이 되지 않았다.

"후작님과 친구가 되어 드릴 수는 있습니다. 그 이상은 바라지 마세요. 저는 그럼 이만 바빠서."

럼블리 백작과 약속한 시간이 다가오고 있었다. 리안은 단호한 말투로 냉정하게 돌아섰다.

오늘은 이만 물러날 생각인 듯 차이도 순순히 입을 다물며 리안을 뒤따랐다. 어차피 말려도 따라올 것을 알기에 리안은 상관하지 않고 걸음을 재촉했다.

"라이트."

지하로 향하는 계단이 나오자 차이가 라이트 마법을 시전했다. 캐스팅이 전혀 없었기에 리안이 놀라서 바라보자 차이가 말했다.

"이런 간단한 마법은 굳이 주문이 필요하지 않습니다. 그동안 많이 해왔으니까요."

리안은 고개를 끄덕였다. 긴 세월을 살아온 만큼 시전한 마법의 횟수도 많을 수밖에 없다. 대를 거쳤지만 드래곤에게 직접 사사한 마법이니 인간마법의 수준과는 다른 면도 있을 것이다.

불현듯 리안은 다른 궁금증이 생겼다.

"사람들 앞에서 순식간에 사라지셨다지요? 제 앞에서도 그랬고요. 그것도 후작님께 간단한 마법인가요?"

"블링크 마법이라면 3서클 마법입니다. 간단할 리가 없지요. 아티팩트 덕분입니다.”

차이가 갑자기 이마와 한쪽 눈을 가리고 있던 자신의 긴 앞머리를 손으로 들어올렸다.

아마도 그가 보여주고 싶었던 건 귀걸이인 듯했다. 새끼손톱만한 크기의 까만 흑진주가 그의 귀에 걸려 있었다.

하지만 리안의 눈길을 사로잡은 것은 귀걸이가 아닌, 그의 눈동자였다. 숨겨 놓았던 그의 자줏빛 눈동자가 처음으로 밖으로 드러났다.

‘와.’

리안이 좋아하는 와인의 색을 꼭 닮은 눈이었다. 그 신비로움에 리안은 잠시 넋을 잃었다.

“……!”

리안과 시선이 마주치자 그의 눈동자가 살짝 흔들리더니 다시 긴 앞머리 뒤로 숨었다.

아쉬움에 리안이 눈살을 찌푸렸지만 차이는 언제 그랬냐는 듯 평소의 모습으로 돌아가 있었다.

리안은 계단을 내려가며 그에게 물었다.

“그럼 에어 버스트가 후작님의 몸에 닿은 순간 사라진 것도 아티팩트 덕분인가요?”

“네, 5서클 이하의 마법은 제게 통하지 않습니다.”

차이가 이번에는 자신의 배 부근을 가리켰다. 온몸이 검은색이라 잘 몰랐는데, 자세히 보니 금속으로 만들어진 듯한 벨

트가 그의 허리를 감싸고 있는 것이 보였다.

"레켄스토 님도 많은 걸 남기고 가셨나 봅니다."

"세이프리드 님께선 리안 님에게 무엇을 주시고 가셨는지 궁금합니다."

"많은 걸 주셨죠. 아주 많은 걸."

지금의 리안이 있을 수 있는 건 반 이상이 세이프리드 덕분이었다. 그를 생각할 때면 항상 그렇듯 오늘도 리안은 속으로나마 그에게 고마운 마음을 전했다.

"이제 다 왔네요."

어느덧 키넌이 있는 지하 육층에 도착했다. 긴 복도를 지나 코너를 돌자 럼블리 백작의 모습이 가장 먼저 보였다. 그는 쇠창살에 얼굴을 대고 안에다가 무언가를 말하고 있었다.

"럼블리 백작님."

"칼리스타 백작님, 이제 오시는군요!"

리안을 보고 반색하던 백작의 눈길이 뒤에 선 차이에게로 향했다. 리안이 손님이라고 말하려는 순간 차이가 먼저 자신을 소개했다.

"처음 뵙겠습니다. 오늘부로 칼리스타 백작님의 호위기사를 맡은 차이라고 합니다."

'끙.'

럼블리 백작이 차이를 보고 있는 것이 참으로 다행이었다. 리안은 인상을 쓰지 않으려고 애쓰며 감옥의 문을 열었다.

"키넌!"

키넌의 상태는 처음에 비하면 매우 양호했다. 식사도 제때 지급되었고, 딱딱하지만 침상도 한쪽에 놓여 있었다.

무엇보다 흑마법의 영향으로 징그럽게 변해 버린 얼굴을 리안이 직접 마법으로 변형시켜 놓았다.

키넌의 얼굴은 십여 년 전 럼블리 백작과 헤어질 당시의 모습을 하고 있었다.

"이반."

여전히 리안을 무서워하며 눈치를 보고 있지만 키넌은 자신의 친구를 똑바로 알아봤다. 그의 음성에 백작이 호들갑스럽게 대답하며 달려갔다.

"그래, 날세. 자네 식사는 하였나?"

키넌이 한쪽에 치워진 식판을 눈으로 가리키며 고개를 끄덕였다. 이반을 마주보고 있지만 그 시선은 여러 번 리안을 향해 힐긋거렸다.

"키넌, 칼리스타 백작님은 정말 좋으신 분이네. 몇 번을 말해야 알아듣겠나?"

"……."

"자네가 죄를 짓긴 하였지만 그렇게 눈치는 보지 말란 말이네. 떳떳이 죗값을 치루는 게 자네에게 남은 일이야."

럼블리 백작은 답답했다.

그가 기억하는 키넌은 같은 황실 마법사로서 선의의 경쟁을 펼치던 누구보다도 똑똑하던 친구였다.

아무리 지은 죄가 있기로서니, 어째서 리안만 보면 두세 살 짜리 어린아이처럼 구는지 백작은 이해할 수가 없었다.

리안을 향한 키넌의 행동은 한결 같았다.

지금처럼 리안이 말이 없으면 눈치를 보다가, 리안이 움직이기라도 하면 갑자기 벌벌 떨며 구석으로 몸을 숨기기에 급급했다. 그러다가 리안이 말이라도 뱉으면 비명과 함께 더욱 격한 반응을 보이다가 혼절하는 것이 마지막 순서였다.

이런 상태의 친구를 두고 내일 황도로 떠나야 한다는 사실이 백작은 가슴 아플 뿐이었다.

"저자, 영주님을 무서워하는군요."

"……응."

'네' 라고 답하려던 리안은 급히 말을 돌렸다. 다음부터는 고개를 끄덕이거나 젓는 것으로 대답을 대신하겠다고 리안이 생각할 때, 차이가 속삭였다.

"거기에 흑마법을 익혔군요."

끄덕.

역시 차이는 키넌을 한눈에 보고 간파했다.

그는 과연 몇 서클 마법사일까?

그러고 보니 아직 차이의 나이에 대해서도 모른다.

그는 몇 살일까?

리안은 갑자기 차이에 대한 여러 궁금증이 솟았다. 그는 마법뿐 아니라 무예에도 조예가 깊어 보였다.

사람들은 검과 무예를 함께 익힌 사람을 가리켜 '마검사'로 부르며 칭송해 왔다. 먼 옛날 마법이 부흥했던 시대에는 마검사들이 종종 대륙을 누비며 이름을 날렸다고 책에서 읽은 적이 있다.

차이도 그런 마검사 중 한 명이었을까?

그의 진정한 능력이 어디까지일지 리안은 짐작하기가 어려웠다.

"칼리스타 백작님, 키넌에게 어떤 벌을 내리실 겁니까?"

럼블리 백작이 다가오자 차이가 리안의 귓가에서 멀어졌다. 리안은 상념에서 벗어나며 대답했다.

"아직 결정하지 못했습니다. 하지만 백작님이 부탁하신 대로 목숨을 거두지는 않을 겁니다."

"으으흐흑."

리안의 말소리가 들리자 또다시 키넌이 흐느끼며 몸을 떨었다. 백작이 얼른 달려가 그를 안았지만 진정되기까지는 많은 시간이 흘렀다.

"저자가 영주님을 왜 무서워하는지 아십니까?"

차이가 어느새 다가와 다시 속삭였다. 리안은 고개를 저었다.

"저는 압니다."

"뭐?"

리안이 놀란 눈으로 차이를 향해 획 돌아섰다. 그때 차이가 조건을 내걸었다.

"저를 차이라 불러 주시면 말씀드리겠습니다."

"하아."

리안은 할 말을 잃었다. 며칠을 시달려서 그런지 별로 화도 안 났다. 아마도 이렇게 될 거라는 걸 이미 알고 있었는지도 모르겠다.

이런 상황을 차이가 이용할 거라고는 꿈에도 생각하지 못했지만, 리안은 일단 꾹꾹 참으며 머리를 주억였다. 알겠다는 뜻이었다.

차이의 입가에 다시 한 번 부드러운 미소가 피었다. 그가 리안만이 들을 수 있도록 낮은 목소리로 말했다.

"드래곤 피어입니다."

"……?"

"드래곤 피어를 모르십니까?"

당연히 안다. 리안이 대답하지 못한 건 너무 뜻밖의 말이었기 때문이다.

리안은 혹시나 싶어 럼블리 백작을 돌아보았다. 다행히도 키넌으로 인해 백작은 정신이 없어 보였고, 감옥 안은 키넌의 흐느끼는 소리로 시끄러운 상태였다.

"드래곤 피어라니요. 갑자기 무슨 소리입니까?"

리안이 긴장된 어조로 묻자, 차이가 백작과 키넌의 상태를 살피며 잠시 뜸을 들이다가 설명했다.

"리안 님께서 강당에서 저자를 잡으셨을 때 드래곤 피어를 발현하신 것 같습니다. 멀쩡한 사람이 그것에 당하면 백치가 되거나 죽고는 하지요."

"인간인 내가 어떻게……?"

"드래곤의 힘을 계승하셨으니 가능하다고 봅니다. 다만 인간의 몸으로 발현하신 덕분에 강도가 좀 약했던 모양입니다. 저자의 지금 상태는 드래곤 피어에 당한 것치고는 굉장히 양호해 보이니까요."

리안은 말을 잇지 못했다.

드래곤 피어가 무엇인가. 그것은 눈으로 보이는 것은 아니지만 드래곤이 가진 능력 중 가장 강력하고 무서운 무기 중 하나였다.

'피어'라 불리는 그들 특유의 기세는 만물(萬物)로 하여금 본능적인 공포를 느끼게 하는 것으로 드래곤의 전유물이자, 곧 그들을 상징하는 것이라고 할 수 있었다.

그런 엄청난 것을 자신이 내뿜었다고?

리안은 지금껏 자신이 그런 것을 할 수 있을 거라고는 전혀 생각지도 못했다.

그리고 그건 세이프리드도 마찬가지인 듯했다. 리안에게 전이된 그의 지식에는 그런 사항에 대해 한 마디도 없었던 것이다. 차이가 아니었더라면 아마 평생 모르고 지나갔을지도 모른다.

갑자기 차이의 존재가 리안에게 큰 힘이 되었다.

"그럼 이제 어떻게 해야 합니까?"

키넌이 백치가 되지는 않았지만 리안을 대할 때면 거의 그렇다고 봐야 했다. 지은 죄가 있긴 하지만 그것은 고쳐주어야 한다고 리안은 생각했다.

"글쎄요. 정신계에 손상이 간 것이라 저도 뚜렷한 방도는 모르겠습니다. 굳이 치료를 해야 한다면 자주 보는 수밖에요."

"자주 본다고요?"

"네, 자주 보면서 얼굴을 익히면 나아지지 않을까요?"

어디까지나 차이의 의견이었다.

리안도 어느 정도 공감은 갔다. 계속 만나다 보면 해를 끼치는 사람이 아니라는 걸 알게 될 테니 지금보다 상태가 악화되지는 않을 것이다.

하지만 상대는 강당을 무너뜨린 자다. 그런 자를 계속 만나야 할까?

리안의 망설임을 느낀 것인지 차이가 말했다.

"순수한 사람입니다."

"……?"

리안이 고개를 들어 바라보자 차이가 손가락으로 자신의 검은 눈을 가리켰다.

진실을 보는 눈.

그 눈으로 본 것을 말한다는 뜻이리라.

"흑마법에 손을 댄 대가로 얼굴과 몸이 흉하게 변했지만 눈빛에서 선함이 느껴집니다. 저자는 정말로 강당을 무너뜨리고 싶지 않았어요. 아무도 죽지 않아서 다행이라고 말하고 있습니다."

차이의 부드러운 말투 때문일까. 리안은 조금 흔들렸다.

"죗값이라는 게 꼭 감옥에 가두거나 태형을 내리는 것만은 아닙니다. 옆에 두고 반성하는 모습을 보는 것도 하나의 방법이겠지요."

"칼리스타 백작님!"

차이의 목소리가 조금 컸는지 럼블리 백작이 알아듣고 달려왔다.

"저를 봐서라도 저 녀석 좀 살려주십시오. 똑똑한 놈이니 금방 정신 차릴 겁니다. 옆에 두면 분명 백작님께 큰 도움이 될 녀석입니다!"

"하지만……."

"맥카시 공작 밑에서 십 년을 있었다고 하니 알고 있는 것도 많을 겁니다. 백작님은 저 녀석을 충분히 감당할 수 있지 않으십니까? 저를 봐서라도 제발 한 번만 관용을 베풀어 주십시오. 이렇게 부탁드립니다!"

럼블리 백작이 리안의 두 손을 꼭 쥐며 간절히 애원했다.

키넌의 존재가 그에게 그리도 중요했던가.

결국 리안은 허락할 수밖에 없었다.

“알겠습니다. 잠시 그를 지켜보기로 하지요.”

“헉! 저, 정말이십니까?”

“네, 그에게 별채를 내주고 그곳에 머무르게 하겠습니다. 키넌에 대한 처벌은 그가 제 앞에서 온전해지는 그날, 그때 다시 얘기하도록 하겠습니다.”

“감사합니다! 정말 감사합니다!”

리안의 음성 때문인지 키넌은 구석에서 몸을 둥글게 만 채 부들부들 떨고 있었다.

그에게 달려가는 럼블리 백작을 잠시 바라보다가 리안은 곧 차이와 함께 감옥을 나섰다.

“오늘부터 저도 리안 님과 함께 성에 머물겠습니다.”

계단을 오르며 차이가 말했다. 리안은 대답하지 않았다. 하지만 리안이 이제 자신을 내치지 못할 것임을 차이는 알고 있었다.

그가 빙그레 웃었다.

드디어 찾았다. 자신이 있을 곳을. 무료했던 삶은 오늘로써 끝이다.

더 이상 방황하지 않아도 되었다. 리안의 옆이 자신의 자리임을 차이는 조금도 믿어 의심치 않았다.

제6화

변하는 정세

타운젠드 공작의 취미는 그의 딱딱한 얼굴과는 어울리지 않게도 화초를 가꾸는 것이었다.

황도의 그의 저택에는 사면이 유리로 지어진 건물이 하나 있는데, 그곳이 바로 공작이 화초를 돌보며 명상을 즐기는 곳이었다.

쪼르르.

투명한 물줄기가 꽃과 줄기를 적시며 아래로 떨어졌다. 얼마 전까지만 해도 죽어가던 화초가 공작의 정성 덕분인지 지금은 생기가 넘쳤다.

만족스러운 미소가 공작의 입가에 번졌다. 그리고 그때 문이 열리며 두 명의 남자가 들어왔다.

"아버지."

글렌이었다. 그가 매형인 스웨르겐 백작과 함께 공작에게 다가와 예를 취했다.

"저도 왔습니다, 장인어른."

"왔는가."

타운젠드 공작은 고개를 끄덕이며 화초에 마저 물을 뿌렸다.

투두둑.

넓은 잎사귀에 물줄기가 닿자 마치 굵은 빗방울이 떨어지는 듯한 소리가 들렸다.

"그래, 알아보았느냐?"

공작이 돌아보지 않은 채 물었다. 주체가 빠진 물음이었지만 글렌과 스웨르겐 백작은 충분히 알아들었다.

"네, 정보 길드에 확인해 본 결과 모든 것이 사실이었습니다. 칼리스타 백작은 럼블리 백작과 같은 5서클의 마법사이며, 치료 마법에도 조예가 깊은 듯합니다."

"죽어가던 환자를 사람들이 보는 앞에서 살려냈다고 하더군요. 두 명을 한꺼번에 말입니다. 지금 그자들은 거의 완치가 된 상태라고 합니다."

사고가 터지고 아직 한 달이 채 지나지 않았다. 환자의 괴물 같은 회복력 덕분이 아니라면, 이제껏 보지 못한 치료 마법의 등장이었다.

놀랄 법도 하건만 타운젠드 공작은 다음 화초로 옮기며 덤덤히 물었다.

"누구의 짓이라더냐?"

"신원이 밝혀지지 않은 웬 남자라고 합니다. 칼리스타 백작이 사고가 터진 직후에 잡아갔기 때문에 정보 길드에서도 조사가 불가능했던 모양입니다."

"그래서 현재 맥카시 공작의 동태를 주의 깊게 살피는 중입니다. 아무래도 그쪽에서 한 일이 아니겠습니까?"

이쪽에서는 관여하지를 않았으니 범인은 물을 것도 없었다. 맥카시 공작은 칼리스타 백작으로 인해 본의 아니게 요즘 많은 피해를 보고 있었다.

조만간 어떤 식으로든 대응을 할 거라고 예상은 했지만, 그토록 많은 사람들이 몰린 곳에서 사고를 가장해 죽이려고 한 것은 다소 의외였다.

평소 분명한 것을 좋아하는 그의 성격대로라면 좀 더 확실한 방법을 사용할 거라고 생각했기 때문이다.

차라리 돈을 주고 어쌔신을 고용하는 것이 맥카시 공작다운 처사였다.

"맥카시 공작이 급하긴 급했던 모양입니다. 무리수를 쓴 걸 보면."

"그게 무리수라고 생각되느냐?"

아들의 말에 처음으로 공작이 화초에서 시선을 떼고 글렌을 돌아봤다.

"그럼 아닙니까? 칼리스타 백작에게 쏠리는 제국민들의 관심과 사랑은 이제껏 본 적이 없을 정도입니다. 그런 자를 건드렸다가는 아무리 맥카시 공작이라 할지라도 큰 화를 당할 겁니다. 백성들이 가만히 있지 않을 테니까요."

"자네도 그리 생각하는가?"

공작의 물음에 스웨르겐 백작은 잠시 글렌의 눈치를 살피다가 말했다.

"저는 좀 다릅니다."

"말해 보게."

"맥카시 공작의 이번 시도는 비록 실패로 돌아갔지만, 매우 교묘하면서도 대범한 계획이었다고 사료됩니다."

"어째서?"

"사고로 위장하려고 했던 것이 그 이유입니다. 만일 일이 성공했다면, 칼리스타 백작은 많은 사상자 중에 한 명이었을 겁니다. 누군가에게 억울하게 살해당한 것이 아니라, 불행한 사고로 안타깝게 목숨을 잃은 것이지요."

가해자가 없는 죽음이라면 안쓰러울 뿐 원망의 대상은 없을 것이다. 스웨르겐 백작은 맥카시 공작의 노림수를 정확히 파악했다.

"매형의 말씀도 일리는 있습니다. 하지만 면밀한 조사를 통해 사고가 아니라 조작이라는 것이 밝혀질 수도 있지 않습니까?"

글렌의 반론에 스웨르겐 백작은 고개를 끄덕이며 말을 이었다.

"물론 그럴 수도 있습니다. 하지만 맥카시 공작과의 연관성을 무슨 수로 찾아내겠습니까? 공작이 그것을 염두에 두지 않았을까요?"

"……."

"처남의 말대로 지금의 칼리스타 백작에겐 많은 관심이 쏠려 있습니다. 그렇기에 맥카시 공작도 평소 그의 방식이 아닌 변칙적인 방법을 사용한 것이지요. 그런 그가 자신의 존재가 드러날 만한 무언가를 남겼다고는 생각하지 않습니다."

글렌은 반박하지 못했다. 매형의 말이 맞다. 능글능글한 맥카시 공작이 흔적을 남겼을 턱이 없었다.

"그렇군요. 제가 미처 거기까지는 생각하지 못했습니다. 심증은 있는데 물증이 없는 경우가 바로 이런 경우이군요."

누군가를 몰아붙이기 위해서는 확실한 증거가 필요하다고 아버지께서 늘 말씀하셨다.

글렌이 부끄럽다는 듯 고개를 숙이자 타운젠드 공작이 빙긋 웃으며 다시 화초에 물을 주기 시작했다.

스웨르겐 백작은 계속 말했다.

"칼리스타 백작이 제대로 조사를 하였다면 지금쯤 맥카시 공작이 벌인 일임을 알 것입니다. 하지만 이번 사건에 대해 그가 공표하길, 아카데미의 창설을 반대하는 무리가 입학식을 망치기 위해 저지른 사고라고 하더군요. 차후에는 이러한 일이 없도록 더욱 경비를 철저히 하겠다며 학생들을 안심시켰다고 합니다."

"아직은 맞서지 않겠다는 뜻이겠지."

"네, 장인어른. 저도 그렇게 생각합니다."

"후후, 맥카시 그놈 약 좀 오르겠군."

이번 사건은 맥카시 공작 쪽에서 보면 아무런 성과도 올리지 못한 채 오히려 칼리스타 백작의 입지만 키운 꼴이었다.

5서클의 대마법사이자 전대미문의 치료 마법사가 등장했으니 또 한 번 제국이 들끓을 것이다.

앞으로 당분간은 칼리스타 백작의 전성시대라고 불려도 무방하리라.

"그래도 진정한 정체를 알게 되었으니 이득이 아주 없지는 않습니다. 지금이라도 안 것이 다행이지요."

"그건 우리도 마찬가지네. 맥카시 공작 덕분에 중요한 정보를 하나 얻은 셈이지."

지금이야 담담하지만 처음 그 소식을 들었을 땐 다들 경악을 금치 못했었다.

사업적 재능이 있다고만 생각했던 자가 갑자기 럼블리 백작과 동등한 마법사라는 사실은 그야말로 기함하기에 충분한 내용이었다.
여태껏 어떻게 그렇게 감쪽같이 속이고 있었는지가 신기할 정도였다.
어린 나이에도 불구하고 과감하게 사업을 확장하는 능력이 지금 생각해 보면 대마법사라는 자신감에서 뻗어 나온 게 아닐까 싶기도 했다.
"이로써 바다향기의 주인이 칼리스타 백작이라는 심증이 더욱 굳어졌습니다. 짐작했던 것처럼 황실 마법사의 개입은 아니지만, 그가 바다향기의 주인임이 확실합니다."
"칼리스타 백작의 스승에 대해서는 아직도 밝혀진 것이 없는가?"
리안이 마법사라는 것이 알려지면서 제일 먼저 사람들이 궁금해한 것은 그를 가르친 스승의 존재였다.
대체 어떤 대단한 자이기에 이제 갓 스물이 된 리안을 대마법사로 키웠는지 사람들은 알고 싶어 했다.
하지만 그것은 이제껏 리안이 마법사란 사실을 숨겨온 것만큼이나 비밀에 감추어져 있었다. 많은 정보 길드에서 비밀을 캐기 위해 분주하게 움직이고 있지만 아직은 밝혀진 것이 없었다.
"네, 좀 더 시간이 걸릴 것 같습니다. 칼리스타 백작의 측근들과 영지를 중점적으로 재조사에 들어간 상태입니다."
스웨르겐 백작은 공작이 화초에 계속 물을 주는 동안 귀족들의 동향에 대해서도 빼놓지 않고 보고했다.

"처남이 칼리스타 백작을 만났다는 사실이 알려지면서 백작과의 만남에 눈치를 보는 자들이 줄어들고 있습니다. 병자가 있는 가문에서도 치료 마법에 대한 소문을 듣고 발 빠르게 움직이는 기색입니다."

"걱정이 묻어나는 말투군."

"황제파로 기우는 자가 있지 않을까 염려되는 게 사실입니다."

스웨르겐 백작은 솔직한 마음을 드러냈다. 공작 앞에서는 아무것도 숨기지 말아야 함을 벌써 오래 전에 깨달았기 때문이다.

"저기에 좀 앉지."

타운젠드 공작이 그제야 물주기를 멈추며 한쪽에 마련된 탁자로 걸어가 앉았다.

"글렌이 칼리스타 백작을 만나고 온 이야기는 자네도 들어서 알고 있을 거네. 첫 만남이었지만 분위기가 아주 좋았다더군."

공작의 눈길이 잠시 글렌에게 머물다가 스웨르겐 백작에게로 향했다.

"조만간 그가 본성으로 날 찾아오기로 했네."

"본성이라면 장인어른의 생신 파티에 참석한다는 말씀입니까?"

“그러네. 내가 직접 그를 보고 판단할 생각이지. 그때까지는 자네도 그냥 두고 보게나. 너무 일찍 단속에 들어가는 것도 오히려 귀족들의 불안감을 상승시키는 꼴이 될 수도 있으니까.”

“그렇게 하겠습니다. 저도 기대가 되는군요.”

먼빛으로 본 적은 있지만 스웨르겐 백작도 아직 리안과 정식으로 이야기를 나눠보지는 못했다.

그가 장인어른의 생신 파티에 참석을 한다니 이것이야말로 희소식이었다.

“그나저나 레베카는 언제쯤 돌아오겠다고 하던가?”

스웨르겐 백작이 홀로 딴 생각에 접어들 때 공작이 손녀딸에 대해 물었다.

사실 지금이야 이렇듯 아무렇지도 않게 묻고 있지만, 사고 소식을 처음 듣자마자 공작은 표정을 굳히며 즉시 레베카의 상태부터 확인했었다.

그리고 호위기사들 덕분에 무사하다는 것을 전해들은 후에야 안도하며 맥카시 공작에게 욕을 퍼부었다.

하마터면 애지중지 여기는 손녀가 무너진 건물 더미에 깔려 세상을 하직할 뻔했으니 그 정신이 온전할 수 있겠는가.

스웨르겐 백작의 지극히 주관적인 생각이지만, 만약 레베카의 몸에 상처라도 났다면 맥카시 공작은 아들의 목이라도 내어놔야 했을 것이다.

아무리 손녀딸이라지만 딸에 대한 공작의 애착은 스웨르겐 백작도 가끔 이해할 수가 없었다.

"저도 잘 모르겠습니다만, 지금 칼리스타 백작의 성에 머물고 있다고 합니다."

"백작의 성에?"

"네, 레베카가 묵던 여관으로 직접 집사라는 자가 와서 데려갔다고 하더군요. 혹시 모를 사고를 미연에 방지하기 위한 차원 같습니다."

"그럼 황제, 황후와도 만났겠군."

"그렇겠지요. 폐하께서는 현재 황후 마마의 친정 나들이를 마감하고 황도로 환궁하고 계십니다. 로스 백작도 함께 돌아올 테니 자세한 건 그에게 물어보시면 될 것 같습니다."

"그는 어찌 지내고 있던가?"

얼마 전까지만 해도 그가 레이단시에 있다는 보고를 들었다. 공작의 물음에 글렌도 눈빛을 빛내며 스웨르겐 백작에게 집중했다.

"예상대로 칼리스타 백작의 영지에 머물고 있습니다. 레베카와도 한두 번 마주친 것 같았습니다."

"레베카와?"

"네, 특별히 마찰이 있었던 것 같지는 않습니다. 우연찮게 같은 여관에 머문 듯합니다."

상대의 무서움을 누구보다도 잘 아는 공작이었다. 귀중한 손녀딸이 잠시라도 그와 가까운 곳에 있었다는 사실에 그가 얼굴을 굳히며 긴장했다.

레베카를 성으로 불러들인 칼리스타 백작의 선택이 진심으로 고마운 순간이었다.

"그 외에 별다른 점은 없었습니까?"

공작을 대신해서 글렌이 물었다.

스웨르겐 백작이 고개를 끄덕이며 대답했다.

"가끔 사라지는 것만 빼면 특별한 점은 없습니다."

"사라진다니요? 그 사이에 그가 어디에서 무엇을 하는지 모른다는 말씀입니까?"

"워낙 몸이 재빠른 자라서 간혹 그럴 때가 있습니다. 다음날이면 어김없이 식당에 모습을 드러낸다니 너무 걱정하지는 마십시오."

"매형, 아버지께서 그 일을 매형에게 맡기신 건 매형을 신뢰해서기도 하지만, 매형의 꼼꼼하고 신중한 성격을 높이 사기 때문입니다. 앞으로는 좀 더 철저하게 감시를 해주세요. 그 자가 사라지는 그 순간에 무엇을 하는지까지도 알아내야 합니다."

"글렌의 말이 맞네. 여태껏 잘해 왔지만 좀 더 완벽을 기해 주게나."

칼리스타 백작이 대마법사란 소식을 처음 접했을 때도 놀라기는 했지만 이런 분위기는 아니었다.

두 부자의 지나칠 정도의 예민한 반응에 스웨르겐 백작은 내심 고개를 갸웃했다.

사실 공작의 명으로 그를 감시하고 있기는 하지만, 백작은 그에 대해서 자세하게 아는 것이 없었다.

물론 대중에게 알려진 것에 비해서는 많이 안다고 할 수 있다. 최소 그가 어떻게 생겼고, 무엇을 하고 지내며, 어디에 있다는 것을 항상 보고 받고 있으니까.

하지만 공작이 어째서 그에게 유독 관심을 갖는지는 백작도 알지 못한다.

감히 물으려고 해보지도 않았다. 왠지 물어서는 안 될 것 같았기 때문이다.

아마도 다른 것들처럼 그에 대해서도 때가 되면 알게 되지 않을까 백작은 홀로 짐작하고 있었다.

그때가 오기 전까지는 그저 시키는 대로 하는 것이 스웨르겐 백작에게 주어진 임무였다.

"알겠습니다."

그것이 그가 할 수 있는 대답의 전부였다.

*　　　*　　　*

시가의 연기가 방 안을 가득 채우고 있었다. 맥카시 공작이 세 번째 시가를 상자에서 꺼낼 때 문이 열리며 콘로이 자작과 설리번이 들어왔다.

"어떻게 되었나?"

공작은 시가를 제자리에 돌려놓으며 급히 물었다.

"아직이로군."

굳이 듣지 않아도 표정만으로 알 수 있었다. 공작이 인상을 찌푸리며 다시 물었다.

"죽었는지 살았는지조차 알 수 없던가?"

"키넌에 대해 들어오는 정보가 아무것도 없습니다. 칼리스타 백작이 무슨 수를 썼는지 그에 대해서는 잡혔다는 것 외에는 아무도 아는 사람이 없습니다."

"키넌을 고문하여 심문했다면 저희 쪽에서 시킨 일임을 알 텐데도, 발표는 아카데미의 창설을 반대하는 무리가 입학식을 망치기 위해 벌인 짓이라고 하였답니다. 이것은 무슨 의도일까요?"

콘로이 자작과 설리번은 지금 막 정보 길드에 다녀오는 길이었다. 그들이 알고 싶은 건 하나였다.

키넌의 행방과 생사.

그러나 정보 길드에서는 온통 칼리스타 백작이 마법사란 사실과, 그가 마법으로 대참사를 막고 죽어가는 환자를 둘이나 살려냈다는 얘기들뿐이었다.

그 때문인지 그런 난리를 겪고도 칼리스타 백작이 세운 아카데미는 너무나도 잘 돌아가고 있었고, 덩달아 칼리스타 뱅

크와 칼리스타 상단이 사람들의 입에 오르내리며 위상이 오르고 있었다.

"설리번 경, 그것은 의도라기보다 공작 전하와 척을 지지 않겠다는 의사표시가 아닐까 생각됩니다."

"의사표시요?"

설리번이 콘로이 자작의 맞은편에 앉으며 고개를 갸웃했다.

"네, 칼리스타 백작이 아무리 지금 잘 나간다고 한들, 공작 전하와 맞서기에는 부담이 갈 테니까요. 속으로야 어떤 마음을 품고 있는지는 모르겠지만, 일단 이번 사건은 그대로 묻을 것 같습니다."

"본인도 시끄러워지기는 싫은가 보군요."

리안이 맥카시 공작에게 이번 일에 대해 책임을 묻게 되면 당연히 공작은 모르는 일이라며 잡아뗄 것이다. 그리고 오히려 화를 내며 리안을 몰아붙이는 것이 순서였다.

그렇게 되면 상황은 아마 영지전으로 갈 확률이 크다. 당연히 승자는 공작이 될 것이고.

설리번은 리안이 무서워서 꼬리를 내리는 것이라고 단정 지었다.

"문제는 키넌입니다. 그가 죽었다면 모르지만 살아 있다면 당장은 아니더라도 차후에 문제가 될 수도 있습니다. 그는 확실한 증인이 되어 줄 테니까요."

"성에 몰래 침입하는 것이 그렇게 힘들다던가?"

"네, 공작 전하. 삼엄한 경비도 문제지만 상대는 5서클의 대마법사입니다. 그의 마법을 뚫고 성에 접근하기란 불가능에 가깝습니다."

키넌이 잡혀 있다면 성의 지하 감옥 어딘가에 있을 것이다. 유능한 이들을 풀어 접근을 시도하였지만, 지하는커녕 성에 접근하는 것조차 어려웠다.

설사 침투에 성공을 한다고 해도 칼리스타 백작의 마법은 어떻게 피할 것인가?

마법이 쇠하고 무예가 발달한 시대는, 다르게 말하면 마법에는 약할 수밖에 없다는 소리와 같았다.

더욱이 키넌이 살아 있다면 칼리스타 백작이 아무런 조치를 취해놓지 않았을 턱이 없다.

그쪽에서 먼저 키넌을 풀어주지 않는 이상 이쪽에서 키넌을 다시 만날 일은 앞으로 없다고 봐야 할 것이다.

"아까운 인재를 잃었습니다."

4서클의 마법사라면 그들에게는 정말 중요한 인재였다. 지금껏 아껴가며 감추고 있다가 처음으로 써먹었는데 상대가 좋지 않았다.

칼리스타 백작이 5서클의 마법사일 줄 그 누가 알았겠는가?

맥카시 공작이나 콘로이 자작, 설리번 모두 처음 그 얘기를 듣고 말을 잇지 못했다.

아마 믿지 못했다는 표현이 맞을 것이다. 하지만 소식을 전한 이는 다른 자도 아닌 모란 남작이었다.

아들이 칼리스타 백작의 아카데미에 입학을 하는 바람에 어쩔 수 없이 가야 했다는 그는 마치 본인이 직접 본 것처럼 매우 사실적으로 그때의 상황에 대해 말해 주었다.

맥카시 공작이 사주한 일이라는 것을 몰랐던 모란 남작은 감히 자신의 아들을 죽일 뻔했다면서 키넌과 그의 배후를 찢어죽일 놈이라고 수십 번을 말하곤 했다.

그때마다 공작의 이마에 핏발이 섰지만 차마 드러내놓고 화를 내지는 못했다.

"타운젠드 공작 쪽에서 저희를 의심하는 듯합니다. 주위의 움직임이 심상치가 않습니다."

"자신이 아니니 당연히 나라고 생각하겠지. 키넌의 존재에 대해선 나와 자네 둘밖에 모르는 사실이네. 그러니 너무 걱정하지 말게."

"공작 전하, 저희가 걱정해야 할 건 하나 더 있습니다. 만약 키넌이 살아 있다면 칼리스타 백작이 그가 흑마법사라는 걸 알았을 겁니다. 그러면 키넌이 십여 년 전 황실에서 추방된 자라는 것도 알아낼지 모릅니다."

"콘로이 자작님, 만일 그렇게 되면 우리가 그를 빼돌렸다는 게 들키는 것 아닙니까?"

"맞습니다. 그리고 그것은 반역죄나 다름없고요."

자작의 낮은 음성에 설리번이 몸을 떨었다. 반역이란 말의 무서움을 모르는 귀족은 아마 없을 것이다.

아무리 천하의 맥카시 공작이라 할지라도 반역으로 몰리면 살아남기란 어렵다.

그것이 황제라는 이름이 가진 권한이자 힘이었다.

맥카시 공작은 말이 없었다. 그의 얼굴은 근래 들어 가장 심각한 표정을 짓고 있었다.

"공작 전하, 방법은 두 가지밖에 없습니다."

공작이 콘로이 자작을 향해 고개를 들었다.

"빠른 시일 내에 키넌의 생사를 확인하여 그를 데려오든가, 아니면 칼리스타 백작의 약점을 잡아 맞교환을 해야 할 것입니다."

"칼리스타 백작의 약점! 그게 무엇입니까?"

설리번이 당장이라도 뛰어오를 것처럼 허리를 펴며 콘로이 자작에게로 몸을 기울였다. 그의 눈이 오랜만에 기대감으로 반짝였다.

하지만 자작의 다음 말에 다시 그 빛을 잃었다.

"이제부터 찾아야지요. 설리번 경께서도 도와주셔야 합니다."

"칼리스타 뱅크에 심어놓은 첩자들에게선 무슨 얘기 없었나?"

"그게 워낙 말단 직원이라서 알아낼 만한 게 아직 없습니다. 칼리스타 뱅크에선 영지민만이 간부가 될 수 있는데다가,

직원들에 대한 조사가 아주 깐깐한 모양입니다. 죄송합니다."

면목이 없다는 듯 설리번이 고개를 숙이며 송구한 표정을 지었다.

칼리스타 백작은 나이답지 않게 여러 면에서 철저함을 보이고 있었다.

아무리 생각을 해봐도 맥카시 공작은 그의 약점이 무엇일지 짐작이 가지 않았다.

그러고 보면 위조 검색기란 것도 황실 마법사가 아닌 칼리스타 백작의 작품임이 분명하다. 본인이 5서클의 대마법사인데 누구에게 의뢰를 했겠는가.

이제껏 마법사란 것을 속이고 또 어떤 짓을 저질렀을지 궁금하기까지 하다.

"공작 전하, 귀족들의 움직임이 수상합니다. 포만 남작의 아들이 영문을 알 수 없는 병에 걸려 투병중인 것을 공작 전하께서도 아실 겁니다."

"설마……."

"네, 그가 칼리스타 백작이 치료 마법으로 사람들을 구하였다는 말에 아들과 함께 떠날 채비를 하는 듯합니다."

포만 남작은 정치에는 크게 관여치 않는 자지만, 질 좋은 철광을 다수 보유한 귀족으로 맥카시 공작에게 무기를 대주고 있었다.

만일 그가 아들을 치료해 주는 대가로 칼리스타 백작의 편에 서기라도 한다면 맥카시 공작 측은 큰 손해를 보게 될 것이다.

“콘로이 자작님, 아무리 아들이 중요하기로서니 포만 남작이 돌아서겠습니까?”

“설리번 경에겐 아들이 몇이나 있으십니까?”

뜬금없는 되물음이었다. 설리번이 셋이라고 대답하자 콘로이 자작이 말했다.

“포만 남작에게는 지금의 죽어가는 아들이 그의 유일한 핏줄입니다. 정실부인 말고도 후실이 아홉이나 있는데도 말입니다. 아들을 살리기 위해서라면 그는 무슨 짓이든 할 겁니다.”

자식을 가진 부모로서 공작이나 설리번이나 포만 남작의 심정이 이해가 가지 않는 것은 아니었다.

하지만 그가 그런 일로 돌아선다는 건 용납할 수 없다는 게 그들의 심정이기도 했다.

“우선 가문에 아픈 병자가 있는 귀족들부터 추려보게.”

“이미 시작하였습니다.”

“그들이 눈치 못 채게 사람을 고용해서 감시하고, 수시로 나에게 보고하게나.”

“알겠습니다.”

“그리고 칼리스타 백작의 약점이 무엇인지도 서둘러 찾아보게. 우리도 키넌에게 대항할 수 있는 뭔가가 있어야 할 것이야.”

“명심하겠습니다.”

"그때 자네의 말을 듣는 것이었는데……."

그답지 않게 맥카시 공작이 후회스런 말을 뱉었다. 칼리스타 백작을 처리하기 위해 키넌을 보내자고 했을 때, 콘로이 자작은 유일하게 반대를 했었다.

그것을 공작이 무시하고 일을 진행시킨 것이다.

그는 평소 좋지 않은 결과가 나와도 빨리 잊으려고 애를 썼지 후회하는 성격은 아니었다.

하지만 이번만은 그럴 수가 없었다.

'칼리스타 백작.'

리안을 떠올리며 공작이 쓴 입맛을 다셨다.

*　　　*　　　*

"리안, 말꼬랑지는 왜 자꾸 여기에 있는 거야?"

황제와 레지나가 황도로 떠나자 그동안 숨어 지냈던 라키아와 아사가 오랜만에 리안의 집무실에 자리를 잡고 앉았다.

평상시처럼 맞은편에 앉아 서로를 무시하던 것과는 달리, 오늘은 한소파에 나란히 앉아 누군가를 함께 쏘아보고 있었다.

그것은 당연히 차이였다.

"아사, 차이라고 불러."

리안은 차이를 대신해서 아사를 나무랐다. 차이가 아사에게 아직 어떤 말도 하지 않았지만 분명 말꼬랑지로 불리는 것을 싫어할 거라고 생각한 것이다.

그런데 리안의 말이라면 잘 듣는 편이던 아사가 양쪽 귀를 뒤로 젖히며 반항했다.

"싫어, 내 맘대로 부를 거야."

아사는 오랜만에 인간이 아닌 고양이의 모습을 하고 있었다. 그래선지 반항하는 모습이 밉기는커녕 귀엽게만 느껴졌다.

차이는 그런 아사를 흥미로운 눈길로 살피고 있었다. 예상 외로 그는 묘인족을 가까이에서 보는 것이 처음이라고 했다.

"그런 이상한 눈으로 보지 마!"

차이를 향해 소리치는 아사의 눈에는 적의가 불타오르고 있었다.

하지만 차이는 전혀 개의치 않는 눈치였다. 외려 재미있다는 기색이 역력했다.

"계속 여기에 머무실 겁니까?"

아사처럼 드러내놓고 싫어하는 건 아니지만 라키아도 불만스러운 건 마찬가지였다.

그의 질문에 차이가 그제서야 아사에게서 눈길을 거뒀다.

팽팽한 두 시선이 교차했다.

리안이 얼른 차이를 대신해서 말했다.

"라키, 그렇게 됐어. 후작이란 작위를 갖고 있지만 차이는 그런 것에는 미련이 없대. 당분간 내 호위기사가 돼 주기로 했으니 라키도 그런 줄 알아."

"너의 호위기사로는 나 하나로 충분한 것 아니었나?"

어떻게 그런 걸 혼자서 맘대로 결정할 수 있지?

라키아의 따가운 눈빛이 그렇게 묻고 있었다. 차이가 끼어들었다.

"누명이 벗겨지고 지위가 복권되면 그땐 어쩔 거지? 가문을 버려두고 계속 호위기사로 남을 텐가?"

"……."

라키아는 대답하지 못했다. 그에게는 해야 할 일이 있다.

몰락한 가문을 다시 살리고, 가문의 원수를 찾아 돌아가신 아버지와 어머니, 그리고 형과 여동생의 복수를 하는 것이 그에게 남은 과제였다.

리안과는 계속 친구로 남겠지만 지금처럼 함께 있을 수는 없을 것이다.

차이는 그 점을 약삭빠르게 벌써부터 간파하고 있었다.

"날 후작이라고 부르지 마라. 지금은 너와 똑같은 호위기사일 뿐이니까."

"왜입니까?"

"뭐?"

"지금껏 세상에 무관심하며 살아왔다고 들었습니다. 그런데 어째서 리안에게는 관심을 두시는 겁니까?"

갑작스런 라키아의 질문에 차이는 잠시 망설이다가 대답했다.

"재미가 없었거든."

"……?"

"삶이 무의미했다고 말하면 이해가 되겠나?"

"그 말씀은…… 이제는 삶이 무의미하지 않다는 것입니까?"

"그래, 의미를 찾았거든."

차이의 눈동자가 한순간 리안에게로 향했다. 하지만 그의 검은 눈동자에 떠오른 의미가 무엇인지는 라키아도 알 수가 없었다.

"리안이 좀 재밌긴 하지."

그때 아사의 불만스러운 목소리가 다시금 끼어들었다. 녀석은 차이의 말에 동조를 하면서도, 매우 못마땅한 표정을 짓고 있었다.

가늘게 뜬 눈하며 한껏 젖혀진 귀와 심하게 흔들리는 꼬리까지. 녀석은 온몸으로 차이를 향한 강한 거부감을 드러내고 있었다.

마치 '너하고는 리안을 나눠 가질 수 없어!' 라고 말하는 듯했다.

차이는 그런 아사의 태도에도 불구하고 여전히 여유가 넘쳤다. 열을 내는 건 아사 혼자였다.

'후우.'

이제는 잘 좀 지내나 싶었던 라키아와 아사가 차이로 인해 다시 옛날로 돌아간 듯한 분위기였다.

리안이 셋을 차례로 돌아보며 남모를 한숨을 내쉴 때, 문이 열리며 엘이 들어왔다.

"에나벨, 어서 와요."

리안은 차이의 옆자리를 그녀에게 권했다. 잠시 멈칫했지만 엘은 거절하지 않고 자리에 앉았다.

하지만 차이와 그녀 사이에는 한 사람이 더 앉아도 될 만큼 충분한 공간이 남아돌았다. 그녀도 아직은 차이가 불편하다는 뜻이리라.

엘은 차이의 본래 정체에 대해서 아는 몇 안 되는 사람 중 하나로, 차이에게 많은 관심을 갖고 있기도 했다.

정보계에서 차이는 지금껏 알려진 것이 거의 없는 비밀에 쌓인 후작으로 통한다.

정보 길드의 마스터인 그녀에게는 그야말로 대어가 눈앞에 있는 셈이나 마찬가지인 것이다.

물론 차이에 대한 것을 정보계와 공유할 생각은 눈곱만큼도 없었다. 그녀가 차이의 옆모습을 슬쩍 훔쳐보며 리안에게 서찰 하나를 건넸다.

"이게 뭔가요?"

"포만 남작이 보내온 서신입니다."

"포만 남작이라면 맥카시 공작의 사람이 아니던가요?"

"맞습니다. 제가 서신을 읽어 보지는 못했지만 아마도 아들 때문인 듯합니다."

"아들?"

"네, 뜯어 보십시오."

리안은 궁금함에 서둘러 서찰의 봉인을 떼어냈다. 안에는 한 장의 편지가 들어 있었다.

친애하는 칼리스타 백작님께.

안녕하십니까.

이렇게 서찰로 먼저 인사를 드리게 되어서 송구합니다.

저는 케일렙 지방을 다스리는 포만 남작이라고 합니다.

아카데미의 입학식에서 일어난 불미스러운 사건에 대해서는 전해 들었습니다.

얼마나 심려가 크셨습니까.

칼리스타 백작님께서 현장에 계셨기에 망정이지 정말 큰일 날 뻔했습니다.

모쪼록 일이 잘 마무리가 되고 이 같은 일이 또다시 벌어지지 않기를 바랍니다.

다름이 아니라 제가 이렇게 일면식도 없는 칼리스타 백작님께 서신을 보내는 이유는 불쌍한 제 아들 녀석 때문입니다.

작년부터 알 수 없는 병에 걸려 시름시름 앓더니, 요즘은 제대로 음식조차 못 먹는 형편입니다.

염치불구하고 칼리스타 백작님께 도움을 청합니다.

가엾은 제 아들 녀석을 제발 살려주십시오.

죽어가는 환자 둘을 살리셨다는 말씀을 들었습니다.
제 아들만 살려주신다면 칼리스타 백작님께서 원하시는 것은 무엇이든 들어드리겠습니다. 제 목숨을 달라시면 그렇게 하겠습니다.
이 서신은 제가 출발하기 전에 미리 보내는 것입니다.
갑작스레 방문하는 것은 예의가 아닌 것 같아서요.
그럼 가서 뵙겠습니다.

서찰은 남작의 급한 마음을 대변하듯 휘갈겨 쓴 흔적이 곳곳에서 보였다. 리안이 편지를 라키아에게 넘기며 엘에게 물었다.

"포만 남작의 아들이 정확히 어디가 아픈 거죠?"

"정확한 병명은 모릅니다. 많은 치료사들이 병을 고치기 위해 찾아갔지만 모두 성과가 전혀 없었다고 합니다."

"그에게 자식이 아들 하나뿐인가요?"

아들이 낫지 않는 병에 걸렸다는 건 분명 가슴 아픈 일이었다. 하지만 리안이 읽은 서찰에서는 그를 넘어서는 간절함이 배어 있었다.

"네, 자식이라고는 병에 걸린 아들밖에는 없습니다."

"손이 귀한 집안이야?"

흥미가 돋는지 아사가 끼어들었다. 고양이의 몸을 하고 있는 아사의 모습을 엘이 귀엽다는 듯 바라보며 고개를 끄덕였다.

“네, 대대로 아들이 귀한 가문이긴 하지만 이번에는 정도가 좀 심한 듯합니다. 후실까지 합쳐 부인이 열 명이나 되는데도 아무도 아이를 낳지 못하였습니다.”

“부인이 열인데 자식이 겨우 하나?”

아사가 정말로 이상하다는 듯 꼬리로 소파를 탁탁 쳐댔다.

“포만 남작은 벌써 출발한 것 같습니다. 어떻게 하실 생각이십니까?”

“글쎄요. 그렇게 귀한 아들이라면 제 능력이 되는 한에서 살려봐야 하지 않을까요?”

“이 기회에 그를 백작님의 사람으로 만드는 것도 괜찮을 듯합니다.”

“아니요, 그건 됐습니다.”

“네?”

뜻밖의 대답이었다. 리안은 황제의 처남이 되었고, 황제의 힘을 키우기 위해서라도 보다 많은 귀족들을 끌어 모아야 하는 입장이었다.

이런 좋은 기회를 왜 놓치려는 것인지 엘은 이해할 수가 없었다.

“포만 남작이 폐하를 지지하는 세력이 되어 준다면 기쁜 일입니다만, 사람의 생명을 담보로 그걸 강요하고 싶지는 않습니다.”

“하지만…….”

"그건 제 방식이 아닙니다."

단호한 리안의 말투에 엘은 아쉬움을 삼킬 수밖에 없었다.

"그보다 레베카 양은 무얼 하고 있습니까? 아직 떠날 생각이 없어 보이던가요?"

"네, 아무래도 타운젠드 공작의 생신 파티가 있을 때까지는 계속 머물 것 같습니다."

"이곳에서 할 일이 뭐가 있다고 이렇게 오래 머무는지 모르겠군요."

"이런 말씀을 드려도 되는지 모르겠지만, 레베카 양은 백작님에게 관심이 있는 눈치입니다."

"무슨 뜻이죠?"

"성의 하인들에게 백작님에 대해 물어보는 모습이 자주 목격돼서 말입니다."

"레베카 양이 저에 대해 묻고 다닌다는 말씀입니까?"

리안은 깜짝 놀라 눈을 동그랗게 떴다.

"네, 하인들이 백작님을 어떻게 생각하고 있는지가 궁금했던 모양입니다. 다들 칭찬만 늘어놓았으니 괜한 염려하실 필요는 없습니다."

"그것 참 고맙군요."

엘이 농담한 것을 알면서도 리안은 웃을 수가 없었다. 자신에게 갖는 레베카의 관심이 리안은 썩 내키지가 않았다.

어떤 일로든 두 공작가의 친족들과는 엮이고 싶지 않은 게 솔직한 그의 심정이었다.

"참, 폐하와 황후 마마께서 무사히 황궁에 도착하셨다고 합니다. 그밖에 특이한 사항으로는……."

엘의 보고가 그제야 시작되었다. 방 안의 모두가 그 얘기에 귀를 기울이는 반면, 아사는 늘어지게 하품을 하더니 소파에 턱을 괴며 낮잠 잘 자세를 취했다.

잠시 후, 엘의 음성을 자장가 삼아 아사가 색색 숨소리를 내며 달콤한 잠에 빠져들었다.

제7화 돌아온 류지

"황태후 마마, 황후 마마 드셨사옵니다."

황도로 돌아와 처음 드리는 문안 인사였다. 긴장감을 애써 감추며 레지나가 천천히 황태후의 처소로 들어갔다.

"다녀왔느냐?"

이벨라는 막 머리단장을 마친 후였다. 그녀가 거울에 비치는 자신의 머리를 만족스러운 듯 바라보다가 레지나를 반갑게 맞았다.

"염려해 주신 덕분에 무사히 잘 다녀왔습니다. 그간 평안하셨는지요."

레지나는 드레스 자락을 쥐고 허리를 굽혀 황태후에게 예를 올렸다.

"궁에서 이십 년이 넘는 세월을 보냈다. 폐하와 네가 없어 조금 쓸쓸하긴 했지만 시간은 잘만 흘러가더구나. 어서 이리 와 앉거라."

"네, 황태후 마마."

레지나가 조심스럽게 황태후를 향해 다가갔다. 이벨라는 그제야 레지나가 혼자라는 것을 깨달았다. 그녀의 두 눈에 아쉬움이 번졌다.

"폐하께서는 바쁘신 모양이구나."

"원래는 폐하께서도 저와 함께 오시려고 하였는데, 급한 전갈이 도착하여 오지 못하셨습니다. 황태후 마마께 죄송하다는 말씀 전하라 하셨습니다."

"급한 전갈이라면, 혹시 안 좋은 소식이라도 들어온 것이더냐?"

이벨라의 얼굴에 걱정의 기색이 떠오르자 레지나는 서둘러 대답했다.

"자세한 것은 모르겠으나 폐하께서 반기는 눈치셨습니다. 그러니 너무 심려마세요, 황태후 마마."

"그렇다니 다행이구나."

하루 사이에도 좋은 소식과 나쁜 소식이 수차례 오가는 곳이 황궁이었다. 그녀가 가슴을 쓸어내리며 안도했다.

"참, 아카데미에서 있었던 일은 들었다. 칼리스타 백작이 좋은 일을 하였더구나."

"저도 보지는 못했지만 큰 사고로 이어질 뻔한 걸 막았다고 해요. 운이 좋았습니다."

"황궁에도 지금 칼리스타 백작에 대한 소문이 파다하게 번졌다. 그가 대마법사라니, 나도 깜짝 놀랐다."

"미리 말씀드리지 못해 죄송합니다."

레지나가 사죄하자 황태후가 고개를 저으며 빙그레 웃었다.

"그런 말을 듣자고 얘기를 꺼낸 것이 아니다. 오히려 난 고맙다는 말을 하고 싶었단다."

"……?"

"너의 오라비인 칼리스타 백작은 폐하께 힘이 되어 주는 존재다. 그런 그가 대마법사라는데 어찌 내가 고마워하지 않을 수 있겠느냐? 그 소식 하나만으로도 당분간 공작들은 함부로 움직이지 못할 것이다."

아들의 앞날을 사사건건 방해하는 귀족들만 생각하면 이벨라는 몸이 부르르 떨렸다.

어린 시절 사랑만 받으며 자라도 모자랄 판에 그의 아들은 귀족들의 세력 싸움에 눌려 이리저리 끌려만 다녔다.

이제 성인이 되어 성혼을 하고 제대로 정치를 펼치려는 지금의 아들에게 칼리스타 백작은 가장 큰 힘을 보태주는 귀족이었다.

처음에는 아들이 레지나를 선택한 이유가 칼리스타 백작 때문이라고 생각했었다.

하지만 이제는 그녀도 눈이 있어 알고 있다. 자신의 아들과 며느리가 얼마나 서로를 끔찍하게 여기는지.

그들이 상대방을 바라보는 눈빛을 보고 있노라면 황태후는 절로 뿌듯한 기분이 들고는 했다. 이제야 아들에게도 행복이 찾아온 것 같아 더할 수 없이 기뻤다.

어린 시절 아들의 불행은 모든 게 그녀의 책임이었다. 조금이나마 그 짐을 덜어낸 것 같아 레지나에게 그녀는 진심으로 고마웠다.

"황태후 마마, 다과를 준비하였습니다."

시녀가 잘 구워진 과자와 차를 내왔다. 달콤하고 향긋한 냄새가 갑자기 레지나의 후각을 자극하며 입맛을 돋우었다.

"특별히 준비한 것이니 먹어 보아라."

"네, 황태후 마마."

레지나는 빼지 않고 먼저 과자부터 집어 입으로 가져갔다. 과자는 먹기 좋은 크기로 구워져 있었다. 오도독 과자를 씹자 입 안 가득 단 맛이 퍼졌다.

"홍차와 함께 마시면 과자의 맛이 더 살아난단다."

이벨라는 직접 시범까지 보이며 레지나에게 권했다. 레지나는 과자를 하나 더 입에 넣고 황태후를 따라 홍차를 조금씩 홀짝였다.

"와, 정말 맛있어요!"

과자도 과자지만 태어나서 이렇게 맛있는 홍차는 처음이었다. 레지나는 황태후의 앞이라는 것도 잊고 연달아 감탄사를 내뱉었다.

"황태후 마마, 이게 정말 홍차가 맞나요? 어떻게 홍차에서 이런 맛이 날 수가 있죠?"

"홍차는 찻잎의 상태도 중요하지만, 어떻게 우려내느냐에 따라 맛이 천차만별로 갈라진단다. 라우리아가 홍차에 대해서는 일가견이 있으니 궁금한 것이 있으면 그녀에게 물어보도록 하려무나."

황태후의 시선을 따라가 보니 다과를 내온 시녀가 단정한 자태로 한쪽에 시립하고 있는 모습이 보였다. 아마도 그녀의 이름이 라우리아인 듯했다.

레지나가 진지한 음성으로 이벨라에게 물었다.

"저, 황태후 마마. 제가 폐하께 홍차를 타드리면 폐하께서 좋아하실까요?"

"네가 직접 말이냐?"

"네, 황후가 되고 나니 제가 해드릴 수 있는 게 하나도 없더라고요. 모든 걸 시종들이 알아서 하니 제가 뭘 해야 할지도 모르겠고……."

"그래서 폐하께 홍차를 타드리고 싶은 게냐?"

"네, 홍차를 좋아하시거든요. 그런데 제가 이 맛을 낼 수 있을까요?"

막상 하려고 드니 레지나는 걱정스러웠다. 이제껏 제 손으로 차 한 잔도 타본 적이 없었다.

과연 폐하께서 자신이 탄 차를 마실 수나 있을지 근심스럽다.

이벨라가 그런 레지나를 따듯한 눈빛으로 바라보며 말했다.

"누구나 처음부터 잘 할 수는 없는 법이란다. 그리고 설사 맛이 없더라도 폐하께서는 좋아하실 것 같구나."

"정말요?"

"그럼. 사랑하는 여인이 타준 차를 어떤 사내가 마다하겠느냐? 폐하께서는 분명 기뻐하실 게다."

"감사합니다, 황태후 마마. 나중에 저분에게 꼭 비법을 물어야겠어요!"

이벨라의 말에 용기를 얻은 레지나가 다짐이라도 하듯 두 주먹을 불끈 쥐었다. 순수하고 해맑은 그 모습에 황태후도 덩달아 입가에 미소가 지어졌다.

"앞으로는 어머니라고 불러주었으면 좋겠다."

"네?"

"황태후 마마보다는 그쪽이 더 어감이 좋지 않겠니?"

"하지만 황실의 법도가 있다고……."

"난 괜찮으니 그렇게 하자꾸나. 알겠지?"

"네, 황태후…… 아니, 어머님."

이벨라가 그렇게 하자니 레지나로선 따를 수밖에 없었다. 습관적으로 튀어나온 말을 그녀가 재빨리 고치며 배시시 웃었다. 사실 이 편이 레지나도 더 다정다감하고 좋았다.

"그래, 친정에 다녀온 소감은 어떻더냐? 오랜만에 가보니 낯설지는 않았더냐?"

"그렇게 많이 시간이 지난 것도 아닌데 낯설어서 당황스러웠어요. 너무 즐겁고 행복한 시간이었습니다."

"아마 황궁에 돌아오고 싶지 않았겠지?"

"……네."

족집게 같은 황태후의 말에 레지나는 순간 몸이 굳었다. 그녀가 죄송하다는 듯 고개를 푹 숙이자 이벨라가 낮게 웃음을 터뜨렸다.

"후후, 괜찮다. 나도 처음에 그러했으니까."

"황…… 아, 어머님께서도 그러셨다고요?"

"그래, 돌아가야 하는데 내 방에서 문을 잠그고 나오지 않아서 환궁이 늦어진 적도 있었단다."

갑작스런 황태후의 고백에 레지나는 호기심을 담고 그녀를 쳐다봤다.

"그래서 어찌 되었습니까?"

"어찌 되기는. 폐하께서 처음에는 날 설득하시려고 했지만, 내가 말을 안 듣자 이렇게 말씀하셨다. 황후께서 준비가 되면 그때 가도록 하지요."

"와아."

"그래서 닷새였던 일정이 열흘이나 늘어나 버렸단다. 물론

난 좋았지만."

그때를 생각하면 지금도 부끄러운 듯 이벨라의 뺨이 불그스름하게 달아올랐다.

"다정한 분이셨던 모양이에요."

"전대 황제 폐하 말이더냐?"

"네, 보통 그럴 땐 다들 화를 내잖아요. 열흘이나 더 머물도록 해주신 걸 보면 분명 좋으신 분이었을 것 같아요."

그러니 지금의 폐하를 낳아주셨을 것이다. 레지나는 본 적도 없는 전대 황제가 갑자기 좋아지기 시작했다.

"그래……. 참 좋으신 분이었지."

'응?'

레지나는 고개를 갸웃했다. 어쩐지 회한이 서린 듯한 말투였기 때문이다.

"……그리우십니까?"

레지나는 자기도 모르게 물었다. 그러자 황태후가 소리 없는 미소를 지으며 고개를 끄덕였다.

"많이, 아주 많이 그립단다."

그 음성이 너무 슬퍼 레지나는 왈칵 눈물이 쏟아질 것 같았다.

*　　　*　　　*

기사의 삶에서 가장 기쁜 순간은 언제일까?

개개인마다 조금 다를 수는 있겠지만, 아마도 대부분 기사 작위를 받을 때가 아닌가 싶다.

고된 훈련으로 심신을 발전시킨 그들이 비로소 인정받는 심정이란 기사가 아니고서는 느껴볼 수 없으리라.

그때만큼은 아니겠지만 지금 드래곤 기사단의 심경이 그와 비슷했다. 명을 받고 연무장에 도열해 있는 단원들의 얼굴에는 잔뜩 기대감이 비치고 있었다.

그도 그럴 것이 오늘이 바로 그동안 기다리고 기다렸던 기사단의 정식 갑옷이 나오는 날이기 때문이다.

그동안 쾌적한 숙소와 영양가 넘치는 식단, 넓은 연무장과 훌륭한 군마 등 거의 모든 면에서 완벽한 지원을 받은 그들이지만, 아직 기사의 상징이라고 할 수 있는 갑옷은 입기는커녕 본 적도 없었던 것이다.

대장간에서 치수를 재간 것도 벌써 오래전 일이라 지쳐가고 있던 단원들에게 오늘은 그야말로 신명나는 날이었다.

"그룬버그다!"

스캇은 동료들과 함께 온갖 상상력을 동원하여 갑옷에 대한 이야기를 나누고 있었다. 누군가의 외침에 기사단 전원의 고개가 연무장 입구를 향해 돌아갔다.

그룬버그는 혼자가 아니었다. 대장간의 대장장이들이 모두 동원되어 십여 대의 손수레를 끌며 안으로 들어오고 있었다.

수레 안에 있는 것은 두말할 것도 없이 갑옷이 분명하다. 다들 침을 꿀꺽 삼키며 당장이라도 튀어나갈 것처럼 수레를 노려봤다.

"영주님!"

다행히 일찍 정신을 차린 스캇의 눈에 뒤이어 걸어오는 리안의 모습이 보였다. 그 음성에 단원들이 즉시 자세를 고치며 예를 갖췄다.

리안은 미소 띤 얼굴로 그들을 바라보며 중앙으로 가 섰다. 라키아는 엄숙한 눈빛으로 리안의 왼편에, 차이는 흥미로운 눈길로 단원들을 살피며 리안의 오른편에 자리를 잡았다.

"오오, 이게 갑옷이구나! 멋진데?"

아사만이 분위기 파악을 못하고 수레 안에 든 갑옷을 손으로 만져가며 돌아다니고 있었다. 많이 보아왔던 모습이기에 누구 하나 신경 쓰는 사람은 없었다.

"라키."

리안의 신호에 라키아가 앞으로 나섰다. 그가 리안에게 살짝 고개를 숙인 후 단원들을 향해 말했다.

"모두 알고 있듯이 오늘 너희들에게 갑옷을 지급할 것이다. 긴 말 하지 않겠다. 부단장 파커부터 앞으로 나오도록!"

라키아의 명에 맨 앞줄에 서 있던 건장한 체구의 사내가 몇 걸음 앞으로 걸어 나왔다. 그러자 기다렸다는 듯 그룬버그와 대장장이들이 수레에서 갑옷 한 벌을 꺼내 가지고 왔다.

"……?"

들뜬 마음을 애써 가라앉히며 그들을 지켜보던 파커의 눈에 이상함이 스친 것은 그때였다.

부위별로 나눠서 들고 있다지만 갑옷의 무게를 총 합치면 이십 킬로가 넘는다고 알고 있다.

그런데 그런 것을 마치 가벼운 돌덩이라도 든 양 아무렇지도 않게 나르고 있지 않은가.

아무리 힘이 좋은 대장장이들이라고는 하지만, 팔뚝에 힘줄 하나 튀어나오지 않고 갑옷을 들 수는 없었다.

"입어 보시겠습니까?"

그런 파커의 속을 전혀 알 리 없는 그룬버그가 부리부리한 눈을 빛내며 물었다. 그를 대신해 대답한 것은 라키아였다.

"설명을 해야 하니 입히도록."

"네, 그럼."

파커에게 잠시 양해를 구한 뒤 그룬버그와 대장장이들이 빠른 속도로 그의 몸에 갑옷을 입혔다.

여러 명이 신속하게 움직이니 파커의 몸은 금방 갑옷으로 둘러싸였다.

"와아아!"

"부단장님, 멋지십니다!"

갑옷을 입은 그의 모습에 단원들의 입에서 감탄의 탄성이 흘러나왔다. 투구까지 갖춰 입은 부단장의 자태는 그들이 상상하던 것보다 훨씬 멋있었다.

어떤 금속으로 만들었는지는 몰라도 갑옷 전체에 은은한 황금빛이 돌았다. 가슴의 정중앙에는 알 수 없는 돌멩이가 하나 박혀 있었는데, 그것을 중심으로 갑옷 전체에 기이한 모양의 그림들이 퍼지듯 그려져 있었다.

드래곤 기사단이란 이름답게 투구의 정면과 왼쪽 가슴에는 비상하는 드래곤의 모습 또한 표현되어 있었다.

"움직임이 어떤가?"

라키아의 물음에 파커는 팔과 다리를 조금씩 움직여 보았다. 어떤 소음도 없이 너무나 부드럽게 팔다리가 자유자재로 움직였다.

"불편한 점이 있으면 지금 바로 말하도록."

휙— 휙—

라키아의 말을 들었는지 안 들었는지 파커의 동작이 점차 격해졌다.

"하앗!"

그는 힘껏 도약을 해보기도 하고 팔다리를 높이 치켜드는 등의 동작을 하다가 급기야 연무장을 빠르게 뛰기 시작했다.

"부, 부단장님!"

단장인 라키아는 물론이고 영주까지 있는 자리였다. 부단장의 갑작스런 행동에 몇몇 단원의 얼굴은 사색이 되었다.

반면 리안과 대장장이들은 뜻 모를 웃음을 지으며 그를 바라보았다.

"다 뛰었나?"

연무장을 세 바퀴나 돌고나서야 파커가 멈춰 섰다. 그가 천천히 투구를 벗었다. 그는 어리둥절한 눈빛으로 라키아를 향해 고개를 들었다.

"무엇을 느꼈나?"

라키아가 묻자 파커가 자신의 몸을 내려다보며 믿을 수 없다는 듯 중얼거렸다.

"갑옷에서 무게가 느껴지지 않습니다."

"그리고?"

"제 몸이 더…… 빨라졌습니다."

단원들이 웅성거렸다. 몇몇은 어쩐지 이상했다며 고개를 끄덕이는 자들도 있었다.

"받아라!"

라키아는 히죽 웃으며 파커에게 검 한 자루를 던졌다. 그런 그의 손에는 어느새 목검이 들려 있었다.

"무엇이 또 느껴지는지 알게 될 것이다."

멍한 표정의 파커를 향해 라키아가 쇄도했다. 파커는 얼떨결에 검을 들어 라키아의 목검을 막았다.

타악!

두 자루의 검이 허공에서 부딪쳤다.

"헉!"

파커는 자기도 모르게 신음성을 뱉었다. 손끝에서 느껴지는 감촉이 어딘지 이상했기 때문이다.

상대는 누구도 아닌 단장이었다. 아직 파커의 실력은 단장의 발끝에도 미치지 못한다.

그런데 지금은 달랐다.

목검에서 전해지는 힘은 여전히 드셌지만, 오늘은 왠지 괴물 같은 단장을 자신이 꼭 이길 수 있을 것 같은 기분이 들었다.

"자, 다시!"

라키아가 호기롭게 외치며 짓쳐들어왔다.

카앙! 카앙!

분명 하나는 나무로 된 것인데도 철과 철이 부딪히는 듯한 소리가 연무장에 울려 퍼졌다.

"어어?"

단원들 틈에서 의외의 소리가 터진 것은 그 즈음이었다.

"부단장님이 원래 저렇게 강하셨던가?"

"그러게 말이야. 오늘 너무 다르신데?"

"단장님이 봐주고 계시는 걸까?"

"설마……. 그럴 분은 아니잖아."

단장인 라키아는 모두가 지켜보는 앞에서 일대일 대련을 통해 단원들을 훈련시키는 것이 특징이었다. 거기엔 부단장인 파커도 예외는 아니었다.

라키아는 상대가 누구든 간에 봐주는 법이 없었다. 그럼에도 그와의 대련을 단원 전체가 반기는 이유는, 힘든 만큼 발전과 깨달음이 있기 때문이다.

극심한 고통이 따를지라도 라키아와 대련을 더 하고 싶은 것이 단원들 모두의 마음이었다.

바로 어제, 부단장인 파커도 지금 이곳에서 심한 타작을 당했다.

그런데 지금은 어떤가?

여전히 밀리는 건 사실이지만, 어제의 모습과는 달라도 너무 다르다. 단원들은 자신들이 지금 헛것을 보는 건 아닌지 의심이 일 정도였다.

짜앙!

그때 라키아의 목검이 파커의 어깨를 세게 내리찍었다.

"큭."

그러자 자기들이 맞은 것처럼 단원들이 신음소리를 내며 얼굴을 찡그렸다.

"어라?"

하지만 당사자는 아니었다. 평소 때라면 고통스러워하며 무릎을 굽히고도 남았을 텐데, 소리만 컸지 아무런 이상이 없었다.

아무리 갑옷을 입었다지만 인간인 이상 저럴 수는 없었다. 직접적인 상처는 되지 않더라도 전해오는 통증은 있기 때문이다.

게다가 목검이라지만 라키아의 공격은 어떤 검날보다도 매섭기로 정평이 나 있었다.

하지만 더욱 놀라운 건 그 다음이었다.

"이얍!"

방금 전의 일로 용기를 얻었는지 파커가 기합을 넣으며 공격에 들어갔다.

캉! 캉!

무시무시한 소리가 대기를 울리며 전해졌다. 파커의 맹공을 목검으로 막으며 라키아가 한 걸음씩 뒤로 물러섰다.

"뭐, 뭐야. 단장님이 지금 밀리시는 거야?"

"내 눈을 믿을 수 없어!"

"저런 힘이 갑자기 어디서 나신 거지?"

웅성거림이 커졌다. 하루아침에 다른 사람이 된 것 같은 부단장의 모습에 단원들은 혼란스러움을 감추지 못했다.

"어떤가? 무엇이 달라졌는지 이제 느꼈나?"

몇 차례 검이 더 오가고 대련이 끝났다. 파커가 투구를 벗어던지며 무릎을 꿇었다.

"감사합니다!"

"난 무엇이 달라졌는지 물었다. 그리고 감사는 내가 아니라 영주님에게 해야 할 것이다."

"감사합니다, 영주님!"

처음에는 어리둥절했지만 파커는 이내 깨달았다. 자신이 입은 갑옷이 평범한 갑옷이 아니라는 것을.

첫째로 무게가 거의 느껴지지 않았다. 보통 기사들의 갑옷은 20킬로를 웃돈다. 그것은 당연히 전투력 약화로 이어지는데, 지금 파커가 입고 있는 갑옷은 아니었다. 마치 겉옷을 하나 더 걸친 듯한 정도의 무게만이 느껴질 뿐이었다.

둘째, 갑옷을 입으면 어쩔 수 없이 몸이 조금은 둔해지게 되어 있다. 무게 탓도 있지만 두꺼운 철갑을 두르고 있으니 그것은 당연했다.

그런데 어째선지 그가 입은 갑옷은 착용하자 오히려 움직임이 더 빨라졌다. 연무장을 한 바퀴 도는 데 걸린 시간이 평소보다 반으로 줄어들었다.

세 번째는 타격을 당해도 갑옷 자체에 흡수력이 있는지 진동이 거의 느껴지지 않았다. 강화 마법이 걸려 있는 것 같기도 했다.

마지막으로 갑옷을 입고 싸우면 지닌 힘의 두세 배는 되는 파워를 낼 수가 있었다. 그 파워로 잠시지만 단장인 라키아와 제대로 겨뤄볼 수가 있었던 것이다.

영주인 리안은 5서클의 대마법사였다. 파커를 포함한 기사단 전체가 그 사실을 이미 예전부터 알고 있었다.

그가 입은 갑옷은 그런 영주의 작품인 것이다. 생각지도 못한 영주의 배려에 파커는 어찌할 바를 몰랐다. 그저 감사하다는 말밖에는 할 수가 없었다.

"일어나세요."

리안의 명에 파커가 즉시 자리에서 일어났다. 리안의 긴 이야기가 시작되었다.

"보았다시피 여러분이 입을 갑옷은 단순한 갑옷이 아닙니다. 마법을 걸어놓았거든요."

짐작을 하고 있었음에도 리안이 직접 말을 해선지 단원들이 술렁였다.

"마법은 총 네 가지입니다. 하나하나 설명을 하자면 우선 경량화 마법으로 갑옷의 무게를 줄였습니다. 중량에 대해서는 걱정하지 않아도 될 거예요."

리안은 쉽게 말하고 있지만 단원들이 가장 걱정하던 것이 바로 무게였다. 20킬로가 넘는 무게 때문에 기사들은 통상 갑옷에 익숙해지기 위해 따로 훈련을 받곤 한다.

하지만 리안이 경량화 마법을 걸었으니 드래곤 기사단에겐 그럴 필요가 없었다.

"갑옷에는 강화 마법도 걸려 있습니다. 그룬버그의 기술이 워낙 좋아 안 그래도 튼튼한 갑옷이긴 하지만, 거기에 특별히 강화 마법까지 더했습니다."

리안의 따듯한 시선이 잠시 그룬버그를 향했다가 돌아왔다.

"지금까지는 보조 마법 계열이었다면 남은 두 개는 공격력에 보탬이 되는 마법입니다. 앞으로 여러분들은 헤이스트 마법으로 전보다 더욱 빨리 뛸 수 있을 것이고, 스트랭스 마법으로 보다 많은 힘을 낼 수 있을 겁니다."

단원들은 말을 잇지 못했다. 경량화 마법만으로도 그들에겐 충분히 감사한 일이다.

그런데 거기에 강화, 헤이스트, 스트랭스까지.

단원들은 이 기쁨을 어떻게 표현해야 할지 감도 오지 않았다. 그저 가슴이 벅찼다.

"나를 믿고 이제껏 비밀을 지켜준 여러분에게 전하는 고마움의 선물입니다."

재작년 갑작스런 폭우로 물에 잠긴 마을을 그들이 도우러 갔을 때, 리안은 어쩔 수 없이 기사단이 보는 앞에서 마법을 시전했다.

아마 그때 리안이 마법사란 사실이 알려졌다면 시국이 지금처럼은 흘러가지 않았을 것이다.

단장인 라키아의 명이 있었다고는 하지만, 리안은 지금까지 입을 닫아준 기사들에게 진심으로 고마웠다.

기사단의 발전은 리안을 위해서도 좋은 일이었다. 귀한 마정석이 꽤 들어가긴 했지만 후회하지 않았다.

그들은 앞으로 리안에게 큰 힘이 되어줄 존재였다.

"첨언하자면 마법은 부가적인 겁니다. 아무리 좋은 마법이 걸려 있는 갑옷이라고 해도 움직임이 편하지 않으면 소용없을 테니까요. 지금의 갑옷을 제작하기 위해 그룬버그와 대장장이들이 많은 고생을 했습니다. 그들에게 고맙단 인사 정도는 하는 게 어떨까요?"

"아닙니다, 영주님. 저희들은 그저 저희가 해야 할 일을 했을 뿐입니다요."

그룬버그가 정색하며 고개를 조아렸지만 리안은 그가 가장 많은 고생을 했음을 알고 있었다.

그룬버그는 리안이 생각했던 것 이상으로 훌륭한 대장장이였다. 그가 만든 갑옷은 하나의 예술 작품에 가까웠다. 세세한 부분까지도 신경 써서 만든 덕분에 어떤 동작도 무리 없이 소화할 수 있었다.

그는 모르겠지만 리안은 이미 큰 상을 내리기로 마음먹은 상태였다. 부디 좋아하기를 바랄 뿐이다.

"한 명씩 나와 갑옷을 받도록."

라키아의 명에 안 그래도 엉덩이가 들썩이던 단원들이 서둘러 갑옷을 받기 위해 줄을 섰다. 그들은 모두가 약속이라도 한 듯 받은 그 자리에서 갑옷을 입어 보았다.

처음이라 익숙하지 않은 그들에게 친절하게 설명하는 대장장이들과 그들의 모습은 어느 때보다 친근해 보였다.

"호오."

부단장인 파커가 홀로 갑옷을 입고 있을 때와는 분위기가 사뭇 달랐다.

단체로 갈아입은 모습을 보니 묘한 박력이 느껴진다고 할까.

"리안, 나도 하나 만들어 주면 안 돼?"

그것이 내심 부러웠는지 아사가 총총거리며 리안에게 달라붙었다. 어이없다는 듯 라키아가 인상을 찡그렸고, 차이가 무심한 눈길로 아사를 내려다봤다.

리안은 아사의 머리를 쓰다듬으며 타일렀다.

"아사, 갑옷은 기사가 입는 거야. 넌 기사가 아니잖아."

"기사가 별거야? 나도 싸움 잘해. 알잖아."

"기사는 싸움을 잘 한다고 되는 게 아니야, 아사. 기사란, 자신의 신념과 주군을 위해서라면 기꺼이 목숨도 바칠 수 있는 강한 정신력을 갖춘 사람들이야. 그들을 함부로 여기면 안 돼."

"치, 나도 리안을 위해 죽을 수 있어."

"뭐?"

뾰로통한 아사의 대답에 리안은 황당한 표정을 지었다.

"나도 리안을 위해서라면 죽을 수 있다고. 리안은 누구보다도 내게 소중하니까."

"아사, 나를 대신해서 죽다니! 그런 말은 함부로 하는 게 아니야. 내가 그런다고 좋아할 줄 알아?"

"내 말은 뭐 그렇다는 얘기야. 지금 리안이 위험한 것도 아니잖아. 리안, 나도 예쁘게 하나만 만들어 주라, 응?"

리안이 엄한 눈초리로 쏘아봐선지 아사가 리안의 팔뚝을 잡으며 어리광을 피웠다. 반짝반짝 빛나는 녀석의 눈을 보고 있자니 리안은 피식 웃음이 새어 나왔다.

'아사를 정말 누가 말릴까.'

"야, 되다 만 고양이. 갑옷이 무슨 장신구냐?"

그때 이것저것 시험해 보는 단원들에게 시선을 떼고 라키아가 아사를 향해 눈을 부라렸다. 묘인족 주제에 갑옷을 입고 싶다고 떼를 쓰는 것도 웃기지만, 예쁘게 만들어 달라니 기가 막혔다.

"쯧쯧, 주제도 모……!"

혀를 차며 한소리 더 하려던 라키아의 어깨가 급히 연무장 입구를 향해 돌아갔다.

차이는 이미 그곳을 바라보고 있었고, 리안에게 떼를 쓰느라 정신없던 아사도 갑자기 귀를 쫑긋 세우며 황급히 몸을 돌렸다.

"류지?"

리안은 연무장으로 걸어오는 존재를 한눈에 알아봤다. 커다란 키, 갈색과 검정이 섞인 머리칼, 길게 찢어진 노란색 눈.

그는 류지였다.

볼일이 있어 잠시 자리를 비웠다는 그가 돌아온 것이다.

그런데 갈 때와 달리 혼자가 아니었다. 그의 옆에는 웬 사내가 함께 있었다.

"미하……."

아사가 그를 보고 낮게 중얼거렸다. 방금 전까지 애교를 부려가며 장난스럽게 굴던 모습은 온데간데없었다.

굳은 얼굴로 아사가 점점 가까워져 오는 미하라는 자를 바라보았다.

머리에 터번을 두른 것으로 보아 그도 묘인족임을 알 수 있었다. 류지보다는 작았지만(류지가 워낙 크다) 훤칠한 키에 늘씬한 몸을 가진 자였다.

그는 묘인족답게 멀리서도 확 눈에 띄었다.

은빛을 띤 푸른색이라고 할까?

엉덩이까지 내려오는 은청색의 긴 생머리가 인상적이었다. 그의 시선은 줄곧 아사를 향해 있었다. 엄하면서도 다정함이 동시에 느껴지는 눈빛이었다.

리안은 그가 바로 앞까지 와서야 그의 눈동자가 투명한 초록빛이라는 걸 알 수 있었다. 그 눈이 잠시 아사를 바라보다가 무릎을 굽히며 몸을 낮췄다.

"신 미하, 아사 님을 뵙습니다."

원망이 서린 아사의 시선이 류지를 향해 쏘아졌다. 분명 자신이 있는 곳을 밝히지 않겠다고 약속하고 떠난 류지였다. 그가 약속을 어겼다는 사실에 아사는 할 말을 잃었다.

"어쩔 수가 없었습니다. 죄송합니다."

류지가 사과했지만 당분간 아사가 용서치 않을 거라는 데 리안은 누구와도 내기할 수 있었다. 아사의 목울대가 분한 듯 꿈틀거렸다.

"그보다 괜찮으십니까?"

아사의 차가운 눈빛에도 불구하고 류지가 물었다.

"건물이 무너져 많은 자들이 다쳤다고 들었습니다. 아사 님께선 어디 다치시진 않으셨습니까?"

"난 멀쩡해. 보면 몰라?"

리안의 활약으로 큰 사고에도 불구하고 사망자는 한 명도 없었다.

"소식을 반만 들었군."

다 늦게 찾아와서 뒷북을 치려는 류지가 마음에 들지 않다는 듯 라키아가 삐죽거렸다.

미하라는 자가 그런 라키아를 힐긋 쳐다보다가 아사에게 말했다.

"모시러 왔습니다."

"류지에게 못 들었어? 난 안 가."

아사는 딱 잘라 거절했다. 하지만 이미 예상하고 있었는지 상대는 조금도 당황하지 않았다.

"샤하께서 걱정하고 계십니다. 저와 함께 가시지요."

"돌아가서 미하가 잘 말씀드려. 난 이곳에서 아주 잘 지낸다고 말이야."

"아사 님, 여기는 인간들의 세상입니다. 묘인족이 어찌 인간의 세상에서 살 수 있단 말입니까?"

"난 잘 살고 있잖아. 내가 어디 아픈 것처럼 보여? 괜한 걱정하지 말고 돌아가, 미하."

투명하고 차분한 미하의 눈동자가 아사를 응시했다. 아사는 피하지 않았다.

예전의 아사가 아니었다. 예전처럼 더 이상 순진하지 않았고, 예전처럼 어리지도 않았다.

지금 그곳이 갈 곳이 못 된다는 건 누구보다도 아사가 더 잘 알고 있었다.

"많이 변하셨군요."

미하는 아사의 눈빛이 전과는 다르다는 걸 깨달았다. 언제나 웃고 장난치기만을 좋아하던 어린 왕자님은 사라지고 없었다.

눈을 보면 무엇을 원하는지 항상 알 수 있었다. 하지만 지금은 그 뜻을 짐작하기가 어렵다.

류지의 말이 맞았다.

자신이 직접 모시러 가겠다고 했을 때 류지는 말했었다. 절대 아사 님의 고집을 꺾을 수 없을 거라고.

그때 미하는 자신했었다. 자신이 가면 아사 님은 꼭 돌아올 것이라고. 그렇게 설득시킬 자신이 있다고.

하지만 아사의 눈빛을 마주한 순간 미하는 자신도 이길 수가 없음을 알아차렸다.

지금은 샤하께서 직접 오신다고 해도 아사를 데려갈 수 없었다.

“그래? 난 잘 모르겠는데.”

아사는 턱을 내려 자신의 몸을 훑었다. 미하의 말이 외모를 두고 한 말이 아님을 알아들었지만 일부러 모른 척 딴청을 부렸다.

“류지, 오랜만이에요.”

그때 리안이 류지와 눈을 마주치며 반갑게 인사했다. 그가 자신을 별로 탐탁지 않게 여긴다는 것을 알고 있지만 다시 보니 반가운 건 사실이었다.

“…….”

류지는 대답하지 않았다. 하지만 그의 노란색 눈동자가 인사하듯 리안을 보며 깜박거렸다.

하루 종일 같이 있어도 몇 마디 말을 듣기가 힘든 류지였다. 그의 무뚝뚝함을 잘 아는 리안이기에 어깨를 으쓱이며 아사에게 말했다.

“아사, 소개시켜주지 않을 거야?”

예전 같으면 미하를 벌써 소개시켜줬을 텐데 아사는 어쩐지 망설이고 있었다.

하지만 리안이 다정한 말투로 재촉하자 이내 못 이기는 척 미하를 소개했다.

“여긴 미하라고 해. 아버지의 신하이자 날 가르쳤던 선생이야.”

“선생님?”

그러고 보니 미하에게선 교육자의 분위기가 흐르기도 했다. 리안과 미하가 서로를 흥미롭다는 듯 마주봤다.

"미하, 이쪽은 리안. 인간 세상에서 내가 처음으로 사귄 친구야."

"류지에게 들었습니다. 아사 님의 생명을 구해주셨다고요? 감히 샤하를 대신하여 감사함을 전합니다. 사례를 하겠으니 원하는 것이 있으시면 무엇이든 말씀하시라는 샤하의 전언이 계셨습니다."

조용하면서도 침착한 음성이 듣기 좋았다. 리안은 웃으며 대답했다.

"아닙니다. 아사는 제게도 소중한 친구입니다. 사례는 필요치 않다고 전해주십시오."

"샤하의 아드님을 구하셨습니다. 마땅히 그에 따른 보답을 하는 것이 샤하의 위상을 드높이는 것입니다."

"아니요, 정말 괜찮습니다."

"거절하지 말아 주십시오. 샤하께서 노여워하실까 저어됩니다."

"……굳이 그렇게까지 말씀하시니 한번 다시 생각해 보겠습니다."

사양하려 했으나 샤하를 거론하는 미하의 태도는 무척 단호했다. 리안은 한 발 물러서는 것으로 일단 자세한 대답을 회피했다.

"그동안 아사 님을 돌봐주신 것도 감사드립니다. 류지에다가 이제는 저까지 신세를 지게 생겼네요."

"네?"

"무슨 소리야, 미하?"

괜찮다고 답하려던 리안은 미하의 마지막 말에 고개를 갸웃했다. 옆에 있던 라키아와 차이도 약속이라도 한 듯 눈을 가늘게 모았다.

하지만 가장 놀란 건 누가 뭐래도 아사였다. 녀석이 고운 이마에 온갖 주름을 만들며 인상을 그득 썼다.

"저도 아사 님 곁에 있겠다고 말씀드린 겁니다."

"그러니까 왜? 미하가 왜!"

"별 수 없지 않습니까. 아사 님이 돌아가지 않으신다니 제가 남을 수밖에요."

"졸졸 따라다니면서 가자고 꼬시려고?"

"그런다고 넘어가실 분입니까?"

"아니, 아까도 말했지만 난 절대 안 가. 그러니 그런 거라면 꿈도 꾸지 마!"

아사가 커다란 눈을 부릅뜨며 선언하듯 외쳤다. 미하가 미소 지었다.

"저도 그럴 생각은 없습니다. 아사 님이 돌아가자고 하실 때까지 얌전히 있을 테니 그런 걱정은 하지 마십시오."

미하의 은청색 머릿결이 햇볕에 반짝이며 부드럽게 찰랑였다. 연무장을 둘러보는 모양새가 마치 자신이 앞으로 지낼 곳이 어떤지 살피기라도 하는 듯했다.

"어째 군식구가 자꾸 느는군."

그런 미하를 아사가 어이없다는 듯 바라봤고, 라키아가 고개를 저으며 중얼거렸다.

제8화 명예 회복

In Kallista

리안의 집무실에 오늘처럼 사람이 꽉 들어찬 적은 처음이었다. 항상 넓다고만 생각했던 검정색 가죽 소파가 지금은 왠지 평소보다 좁게 느껴졌다.

스무 명이 동시에 앉아도 될 만큼 소파는 충분히 넓었지만, 현재 리안의 집무실을 차지하고 있는 자들은 보통 사람이 아니었다.

가만히 앉아만 있어도 강한 존재감으로 분위기를 압도하는 라키아나 차이는 제쳐두고, 일평생 한 번도 보기 어렵다는 묘인족이 셋이나 있었다.

못마땅한 표정의 아사, 여전히 무뚝뚝한 류지, 그리고 차분한 눈빛의 미하. 거기에 리안까지 있으니 집무실의 공기는 후끈할 지경이었다.

자리 배치까지 상석에 앉은 리안을 빼고 서로 마주보고 있는 터라 묘한 긴장감까지 흐르고 있었다.

여기까지 어떻게 걸어왔는지조차 리안은 신기했다. 집무실에 들어온 이후로 리안을 포함해서 지금껏 아무도 입을 열지 않았다.

의도하지 않은 침묵 사이로 서로의 눈치만을 살필 뿐이었다.

"다과를 좀 내왔습니다."

"알만!"

때마침 하녀와 함께 등장한 알만이 리안으로선 그렇게 반가울 수가 없었다.

"영주님?"

"으응, 고맙다고."

리안의 이상한 반응에 알만이 살짝 고개를 갸웃거렸지만 이내 허리를 숙이며 집무실을 나섰다.

"입에 맞으실지 어떨지 모르겠습니다. 드십시오."

드디어 리안이 처음으로 운을 뗐다. 미하가 부드러운 미소를 지으며 사양하지 않고 과자를 하나 집어먹었다.

그 모습을 마치 중대한 발견이라도 하듯 세 쌍의 눈동자가 따라 움직였다.

"맛있군요."

진심인지 아닌지는 알 수 없지만 미하가 고개를 끄덕이며 흡족한 표정을 지었다.

그의 차분한 눈빛이 리안에게로 향했다.

"무례를 용서하십시오. 먼저 리안 님의 허락을 얻는 것이 순서일 텐데 제가 부족하여 그러질 못했습니다."

"아닙니다. 아사의 친구는 저의 친구이기도 합니다."

"그렇게 말씀해 주시니 감사합니다. 언제가 될지는 모르겠지만, 그때까지 아무쪼록 잘 부탁드립니다."

아사를 한 번 힐긋거린 뒤 미하가 리안에게 살짝 머리를 숙였다.

"대체 무슨 일이지?"

그때 라키아가 미하를 쏘아보며 물었다.

"라키."

그의 사나운 음성에 리안이 놀라 말렸지만, 라키아의 입은 이미 열린 후였다.

"샤하의 아들이라면 인간으로 비유해 볼 때 황제의 아들이라고 할 수 있지 않나?"

"맞습니다."

"그런데 어째서 저 녀석은 이렇게 방치되고 있는 거지? 그곳에서는 샤하의 아들이 중요하지 않은 건가?"

"그렇지 않습니다. 인간 세상처럼 묘인족에게도 샤하의 아들은 매우 귀중한 존재입니다."

거친 라키아의 말투에도 불구하고 미하는 시종일관 예의를 갖춰 대답했다.

"훗, 귀중한 존재라."

라키아가 피식 웃었다.

"그 귀중한 존재가 부상을 당한 채 인간에 의해 목숨을 구원 받았다니……. 참 웃기는 노릇이군."

"라키!"

"미하 님은 네깟 놈이 함부로 대할 수 있는 분이 아니시다! 예의를 갖추지 못할까!"

리안의 목소리가 류지의 고함에 파묻혔다. 그가 노란색 눈을 부릅뜨며 라키아를 노려보았다. 라키아도 지지 않고 맞섰다.

"나 또한 네깟 놈이 함부로 대할 수 있는 신분이 아니다. 네 녀석이야말로 예의를 좀 갖추는 게 어때?"

오랜만에 보는 광경이었다. 라키아와 류지에게서 뿜어져 나오는 기운으로 인해 주위의 공기가 다 얼어붙었다.

"류지."

미하의 중재가 아니었더라면 그동안 미뤄왔던 둘의 전면전을 볼 뻔했다.

류지가 분에 찬 얼굴로 라키아를 째려보았지만 다시 나서지는 않았다.

"아사 님의 생명을 구해주신 리안 님의 은혜는 꼭 보답을 할 생각입니다. 만약 그 때문이라면……."

"누가 지금 생색내자고 이러는 줄 알아?"

"……?"

"저 녀석이 이곳에 온 지 벌써 2년이나 흘렀어. 근데 찾아온 게 고작 당신과 노란 눈뿐이야. 이러고도 샤하의 아들이라고 할 수 있나?"

미하는 대답하지 못했다. 라키아의 말에는 하나도 틀린 점이 없었다. 그것은 미하가 아사에게 가장 미안한 점이기도 했다.

"……버려진 건가?"

쿵!

리안이 묻고 싶었지만 절대로 물을 수 없었던 그 질문을 라키아가 대신 했다.

미하의 차분했던 눈빛이 흔들렸다. 라키아를 무섭게 노려보던 류지 또한 갑자기 시선을 내리깔며 위축된 반응을 보였다.

"야, 흰머리! 너 그만하지 못해!"

아사가 벌떡 일어섰다. 그런 녀석의 가는 몸은 떨리고 있었다. 습기를 머금은 듯 눈동자가 유난히 투명하게 반짝였다.

"내가 못할 말이라도 했나?"

"네가 상관할 바 아니잖아!"

"흥분하는 거 보니 버려진 게 맞는가 보군."

"그 입 다물어! 아무리 흰머리……!"

"형이 그랬나?"

라키아가 갑자기 형 얘기를 꺼내자 아사가 눈에 띄게 당황하는 모습을 보였다. 리안과 차이가 어리둥절한 얼굴로 라키아를 바라봤다.

"너…… 어떻게……."

"너희 둘이 처음 만났던 날, 돌아가지 않겠다는 너에게 노란 눈이 묻더군. 형님 때문이냐고."

"그건……."

"형제 간의 권력 다툼은 인간 세상에도 아주 흔한 일이지. 안 그래, 리안?"

라키아가 동의를 구하려고 리안을 쳐다봤지만, 리안은 대답할 정신이 없었다. 이제야 아사에 대한 의문이 조금씩 풀리는 느낌이었다.

라키아의 추리대로라면 아사는 형과의 권력 다툼에 밀려 부상을 입고 도망을 치는 도중 자신을 만나 생명을 구한 것이다.

녀석을 처음 발견했을 때 보았던 수많은 상처들. 비로소 이해가 되는 순간이었다.

"아사."

자세한 사정은 모르지만 그런 일을 당했을 아사를 생각하니 리안은 자신이 더 끔찍한 기분이 들었다. 지금껏 전혀 내색조차 하지 않은 아사가 야속하기도 했다.

혼자서 얼마나 아팠을까.

리안이 일어선 아사의 한쪽 손을 꼭 잡았다. 그런 리안에게 아사가 갑작스런 사과를 건넸다.

"미안해, 리안."

"……?"

"미리 말하지 못해서."

"무슨 소리야. 나는 괜찮아, 아사."

"리안이 알면 걱정할까봐 그랬어. 리안은 나 말고도 신경 쓸 게 많잖아."

처진 어깨로 시무룩하게 말하는 아사 때문에 리안은 가슴이 먹먹했다. 이런 상황 속에서도 녀석은 자신을 염려하고 있었다.

어쩌면 아사는 일부러 더 쾌활하고 밝은 척했을지도 모른다. 과거의 기억을 잊기 위해서. 그래서 리안은 마음이 더 아팠다.

'아사, 이젠 내가 지켜줄게. 걱정하지 마.'

리안이 잡은 손에 힘을 주며 미하를 향해 말했다.

"세세한 얘기는 더 들어봐야 알겠지만, 아사가 형님으로 인해 인간 세상으로 도망을 친 것 같군요. 맞습니까?"

"……."

"대답해 주십시오. 아사의 일이라면 제게도 중요한 문제입니다."

잠시 망설이는 듯했지만 미하가 곧 고개를 끄덕였다.

"그렇다고 볼 수 있습니다. 저희가 방심한 틈을 타 아신 님께서 아사 님을 제거하려고 했으니까요."

"아신?"

"아사 님의 형입니다."

잡힌 아사의 손에서 잔 떨림이 느껴졌다. 형의 이름을 듣는 것만으로도 녀석은 괴로운 듯했다.

"형이 녀석을 죽이려는 이유는?"

라키아가 물었다. 여전히 버릇없는 반말 일색이지만 말투만은 꽤 진지했다.

"역시 왕위 계승권 때문인가?"

"이유는 저도 모릅니다. 하지만 왕위 문제 때문은 아닐 겁니다."

"그렇게 단정하는 까닭은 무엇이죠?"

"아신 님은 샤하의 유일한 적자이십니다. 서자인 아사 님에게는 계승권이 없습니다."

"녀석이 적자였어? 잠깐만, 그럼 왜 죽이려고 드는 거지? 녀석은 아무 힘도 없잖아."

라키아가 아사를 턱짓하며 인상을 찌푸렸다.

"사실 저도 그게 혼란스럽습니다. 아신 님과 아사 님은 주변에서 부러워할 정도로 사이가 매우 좋으셨습니다. 어째서 아신 님이 아사 님을 내치신 건지 저로서도 알 수가 없습니

다."

고뇌하는 표정을 보니 정말로 모르는 게 사실인 듯했다.

"샤하의 핏줄이 더 있나?"

그때 잠자코 있던 차이가 불쑥 물었다. 그저 한마디를 했을 뿐인데도 그에게서 뿜어져 나오는 압박감이 상당했다.

그래서일까. 미하가 바로 대답했다.

"아신 님과 아사 님, 두 분뿐입니다."

"그럼 만약을 대비해 미리부터 싹을 잘라 버리려는 속셈 같군."

샤하의 핏줄을 받은 자가 하나 더 있다는 건 아사의 형에게 부담이 갈 수도 있는 일이었다. 라키아가 그것을 지적하자 어째서인지 미하는 단호하게 고개를 저었다.

"대대로 샤하는 많은 아들을 두었습니다만, 오로지 적자에게만 왕위를 물려주었습니다. 아신 님이 아사 님을 견제해야 할 이유는 전혀 없습니다."

"오래 전, 적자가 아닌 서자에게 왕위를 물려준 적이 딱 한 번 있는 걸로 아는데?"

잔잔한 수면에 물결이 일듯 미하의 얼굴에 당혹스러움이 떠올랐다.

"그걸 인간인 당신이 어떻게……?"

"그게 중요한가?"

무표정한 차이의 되물음에 미하는 오히려 더 혼란해하는 것 같았다. 그가 수상하다는 듯 차이를 쏘아보다가 이내 긍정했다.

"그때는 예외로 쳐야 합니다. 샤하로 예정되어 있던 적자께서 병이 나는 바람에 어쩔 수가 없었지요."

"그 말씀은 서자라고 해도 적자가 없으면 왕위 계승권이 있다는 말로 들립니다."

"그렇다고 할 수는 있습니다. 하지만 이미 말씀드렸다시피 그럴 확률은 매우 적습니다. 아신 님은 매우 강하신 분입니다."

"그렇다면 정말 이상한 노릇이군. 왕위를 계승하는 데 전혀 방해가 되지 않는 녀석을 아신이란 놈은 왜 죽이려는 것일까? 이봐, 되다 만 고양이. 너 혹시 놈에게 따로 죽을죄라도 지은 거 아니야?"

"뭐야?"

리안의 위로에 차츰 안정되어가고 있던 아사의 쌍심지가 라키아로 인해 다시금 돋아났다.

"그게 아니라면 놈이 널 죽이려고 드는 이유가 없잖아! 나한테 하는 거 보면 네 녀석은 수백 번 맞아도 싸단 말이지."

"리안, 잠깐만 이 손 좀 놔줄래? 아무래도 오늘 나 흰머리 자식이랑 결판을 내야 할 것 같아. 응?"

"아사, 참아. 그래도 라키가 널 걱정해서 저러는 거야."

"헐, 나를 걱정한다고? 누가, 흰머리가?"

아사가 세상에서 가장 어처구니없는 말을 들었다는 양 허리를 젖히며 뒤로 넘어가는 시늉을 했다.

그건 라키아도 마찬가지였다. 그가 손가락으로 자신의 가슴을 찍으며 헛웃음을 지었다.

"내가 뭐를 한다고?"

"라키, 지금……."

"오해가 너무 지나친 거 아니야? 저런 되다 만 고양이 따위를 내가 왜 걱정해! 착각하지 마, 리안. 아주 불쾌하다고!"

그간의 경험으로 볼 때 라키아와 아사의 싸움을 말리는 방법은 하나였다.

서둘러 둘을 떼어놓는 것.

류지도 보아하니 미하 때문에 참고 있지만 주먹을 쥔 손이 부들부들 떨리고 있었다. 그는 당장이라도 라키아에게 덤빌 기세였다.

"미하, 남은 얘기는 나중에 다시 하죠. 아사, 나가자."

"나가긴 어딜 나가. 나 흰머리랑 오늘 한판 한다니까?"

"너 때문에 류지와 미하가 먼 곳에서 왔잖아. 아마 배가 많이 고플 거야. 그렇죠, 미하?"

"아, 네. 조금."

눈치껏 한 대답이지만, 실상 배가 고픈 것도 사실이었다. 미하가 류지를 툭 치며 자리에서 일어났다.

"가자."

얼마나 화가 났는지 아사는 목까지 벌게진 상태였다. 리안에게 질질 끌려가면서도 녀석은 라키아를 향해 고래고래 소리를 질렀다.

"흰머리 너 이따가 봐! 감히 날 모욕하다니 용서 못해!"

"하여튼 단순한 녀석이라니까."

묘인족 셋이 사라지자 집무실의 분위기가 단숨에 휑하게 바뀌었다. 차이가 있었지만 라키아는 상관하지 않고 겉옷을 벗어 한쪽으로 던졌다.

"아, 덥다."

알만이 가져온 과자를 집어먹던 그의 입가에 문득 실소가 번졌다.

우울한 모습이 보기 싫어 일부러 시비를 좀 걸었더니, 언제 그랬냐는 듯 목에 핏대까지 세우며 녀석이 덤벼들었다.

그동안 화내는 모습을 많이 봐왔지만, 녀석이 오늘처럼 심하게 화를 내는 건 처음이었다.

하지만 라키아는 오히려 그 편이 더 보기 좋았다. 우울한 건 녀석에게 어울리지 않는다. 화를 내더라도 녀석에게 어울리는 건 조금 전처럼 빽빽 소리치는 것이었다.

차이가 흥미로운 시선으로 자신을 쳐다보고 있는 것도 모른 채, 라키아가 소파에 등을 기대며 기지개를 폈다. 그런 그의 얼굴에는 여전히 미소가 피어 있었다.

*　　　*　　　*

히이이잉!

모두가 잠든 시각, 여섯 대의 마차가 연이어 황궁 대전 앞에 멈춰 섰다. 날쌘 마부들이 서둘러 마차의 문을 열자 정복을 갖춰 입은 마차의 주인들이 하나둘 밖으로 모습을 드러냈다.

사람은 여섯이었지만 그들은 금방 두 무리로 나뉘었다.

"아버지."

"장인어른 오셨습니까."

글렌과 스웨르겐 백작이 마차에서 내리는 타운젠드 공작에게 예를 갖췄다.

"공작 전하."

헤이스버트 백작과 콘로이 자작도 허리를 숙이며 맥카시 공작을 맞았다.

타운젠드 공작과 맥카시 공작은 멀찍이 떨어진 채로 잠시 시선을 교환했다. 둘은 서로에게 묻고 있었다. 지금 같은 시각에 황제가 자신들을 부른 이유가 무엇인지.

하지만 둘 다 모르는 눈치였다. 그들의 눈에는 각기 의문이 떠올라 있었다.

그렇다면 황제를 만나보는 것이 순서이리라.

"가자."

"들어가세."

타운젠드 공작과 맥카시 공작이 대전 안으로 성큼성큼 발걸음을 옮겼다.

그들은 모두가 황제의 칙명을 받고 입궁하는 참이었다. 대관절 어떤 급한 일이기에 이런 야심한 시각에 황제가 자신들을 불러내는 것인지 다들 괘씸한 한편 궁금했다.

"폐하, 대신들 들었습니다."

대전 안에는 황제 말고도 두 사람이 더 있었다. 황제의 최측근인 럼블리 백작과 근위 기사단의 단장인 윈체스터 백작이었다.

대전이라 함은 황제와 대신들이 국무회의를 보는 자리였다. 황실 마법사인 럼블리 백작과 호위기사인 윈체스터 백작이 들어설 곳이 아니란 얘기다.

"폐……."

스웨르겐 백작이 그것을 따지려는 찰나 타운젠드 공작이 말렸다.

"그냥 두게. 지금은 어차피 정식 회의도 아니니."

"하지만……."

"그보다 표정이 심상치 않아. 뭔가 단단히 벼른 듯한 얼굴이야."

"네, 이상합니다."

글렌도 타운젠드 공작의 생각과 같다는 듯 인상을 찌푸리며 안으로 걸어 들어갔다.

"근래 폐하께 무슨 기쁜 일이라도 있었나?"

맥카시 공작은 눈을 가늘게 뜬 채 황제의 얼굴을 살폈다. 애써 무표정한 얼굴을 하고 있지만, 황제의 눈에는 분명 회심의 기색이 역력했다.

"글쎄요. 황후 마마의 친정 나들이를 다녀온 이후로는 특별한 일이 없었던 걸로 알고 있습니다."

"저도 잘 모르겠습니다. 전혀 감이 잡히지가 않습니다."

송구하다는 듯 콘로이 자작과 헤이스버트 백작이 고개를 숙이며 공작의 뒤를 따랐다.

맥카시 공작의 가늘어진 눈빛이 깊게 가라앉았다.

오늘밤 황제의 부름을 받고 온 이들은 제국을 이끌어 가는 핵심 세력이라고 해도 무방했다. 그런 자들을 한데 모아놓고 무엇을 하시려는 것일까?

공작은 내심 뒷목이 가려웠다. 왠지 예감이 좋지 않았다.

"왔는가?"

황제의 말투에는 자신감이 서려 있었다. 여섯 명의 대신들이 나란히 허리를 굽히며 예를 올렸다.

"신, 명을 받고 들었사옵니다."

"부르셨습니까, 폐하."

두 공작이 일행을 대표하여 라테스에게 말을 건넸다.

"혹 짐이 그대들의 잠을 깨운 것은 아닌지 모르겠소."

"아닙니다, 폐하. 시각이 늦었기는 하오나 잠자리에 들기

전이었사옵니다."

오묘한 대답이었다. 자지는 않았지만 시간은 늦었다. 맥카시 공작은 돌려서 황제에게 투덜거리고 있었다.

라테스는 속으로 비웃음을 날리며 오늘의 용건을 꺼냈다.

"이런 늦은 시각에 그대들을 부른 이유는 억울하게 죽어간 나의 신하 때문이오."

"폐하, 억울하게 죽어간 신하라 하시면……."

모른 척했지만 황제의 말을 듣자마자 모두의 머릿속에 떠오르는 이가 한 명 있었다.

라키아 디 로드리게즈.

로드리게즈 백작 가문의 차남으로 열여섯에 소드 마스터가 된 검의 천재.

5년 전 죽은 그의 얘기를 황제가 다시 꺼내고 있었다.

"라키아라고 하면 다들 기억하겠소?"

"폐하, 그자는 역모를 저지른 대역죄인입니다. 어째서 지금 그자를 거론하시는 겁니까?"

"헤이스버트 백작, 그대는 5년 전 그 사건에 대해 얼마나 알고 있소?"

라테스가 되묻자 헤이스버트 백작이 망설이는 듯하다 입을 열었다.

"형제가 없으신 폐하께서는 검술 선생인 라키아를 친형처럼 따르며 살갑게 대하셨습니다. 그리고 로드리게즈 백작은 그런 자신의 아들과 폐하의 친분을 이용하여 제국을 삼키려는 야심을 가지고 있었지요."

"계속하시오."

"폐하께서 기억하고 계신지 모르겠지만, 로드리게즈 백작은 폐하께 수상한 약물을 먹이려고 하였습니다. 조사해 본 결과 이지(理智)를 상실하게 하는 성분이 들어 있는 것이었지요."

"기억하오. 다행히 내가 그것을 먹기 직전에 기다렸다는 듯 누군가 나타나 막아주었던 것까지 기억하오."

라테스의 의미심장한 말에 잠시 멈칫했지만 헤이스버트 백작은 계속 말을 이었다.

"로드리게즈 백작은 폐하께 그 약물을 먹이고 뒤에서 폐하를 몰래 조종하려 하였습니다. 사적인 자리에서도 폐하가 자신의 아들 말이라면 무엇이든 듣는다며 공공연하게 떠들고 다녔지요."

"그랬소?"

"네, 폐하. 폐하가 곧 자신의 아들이라는 말까지 서슴지 않던 자입니다."

"그랬었군."

"로드리게즈 백작은 끝까지 발뺌을 했지만, 이후로 그의 저택에서 불순한 증거들이 속속 발견되었습니다. 순순히 조사에 응하지 않고 무력으로 대응하다 도망을 친 것만 봐도 알 수 있습니다. 감히 폐하의 옥체를 상하게 하려한 죄 죽어 마땅하다고 사료되옵니다."

"아니, 난 그렇게 생각하지 않소."

"……?"

"이미 죽었으니 다시 살릴 수는 없으나, 그의 명예만은 지켜줘야지. 그것이 나를 섬겼던 신하에 대한 예우라고 생각하오. 크리스?"

알 수 없는 대답을 늘어놓던 황제가 갑자기 윈체스터 백작을 찾았다. 그러자 그가 기다렸다는 듯 고개를 끄덕이며 뒤를 향해 신호했다.

문이 열리고 세 명의 남자가 안으로 들어왔다. 둘은 복장으로 보아 근위 기사단임을 알 수 있었다.

그들에게 양팔을 잡힌 채로 두려움에 떨고 있는 자는 생김새로 보나 태도로 보나 일반 평민이었다.

"누군지 아십니까?"

글렌이 혹시나 하고 스웨르겐 백작의 귀에 대고 물었다.

"아니요, 처음 봅니다."

백작이 고개를 저으며 슬쩍 맥카시 공작 쪽을 보니 그들도 모르기는 마찬가지인 듯했다.

"무서워 말거라. 너를 해치려는 것이 아니니."

"폐, 폐하! 살려주십시오!"

라테스가 부드러운 음성으로 타일렀지만 겁에 질린 사내는 들리지 않는 모양이었다. 그가 바닥에 넙죽 몸을 엎드리며 라테스에게 간청했다.

"너는 잘못한 것이 없다. 난 그저 네가 대신들 앞에서 사실대로 말해 주기를 바랄 뿐이다."

그제야 이곳에 황제만이 있는 것이 아님을 안 듯 사내가 엎드린 채로 주위를 둘러봤다. 그런 그의 시선이 맥카시 공작을 향했을 때 더욱 심하게 흔들렸다.

"묻는 말에 사실대로만 대답하면 아무 문제없을 것이다. 우선 너의 이름을 말해 보아라."

"……캐, 캠린입니다."

"성도 말하여라."

맥카시 공작의 눈썹이 호선을 그리며 휘어졌다. 성이 있다는 건 그가 평민이 아니라는 소리다. 모두가 그의 말에 주목했다.

"그, 그것이……."

하지만 사내는 찔리는 게 있는 사람처럼 쉽게 입을 열지 못했다. 어째선지 계속 눈치를 보며 말을 아꼈다.

급기야 황제가 노한 음성을 터뜨렸다.

"지금 이곳에서 바른대로 고하지 않으면 그때야말로 살아서 돌아가지 못할 것이다!"

"사, 살려주십시오, 폐하! 소인에게는 병약하신 어머님이 계십니다!"

"너의 이름이 무엇이냐?"

라테스가 다시 차갑게 물었다. 망설이던 사내의 입이 결국 천천히 벌어졌다.

"캐, 캠린…… 웨, 웨……이트입니다."

"똑바로 다시 말하여라."

"캐, 캠린…… 폰 웨이트입니다."

"웨이트……?"

타운젠드 공작이 고개를 갸웃하자 글렌이 재빨리 그에게 설명했다.

"로드리게즈 백작이 폐하께 건넸던 약물을 웨이트 남작에게서 받았다고 주장하였습니다."

"아, 그러고 보니……."

타운젠드 공작이 이제야 기억난다는 듯 고개를 끄덕였다.

"네, 하지만 궁의 조사단이 그자의 집을 찾았을 땐 이미 그는 죽어 있었습니다. 부검 결과 독살로 판명되었습니다."

"타운젠드 백작이 정확히 알고 있군. 맞소, 여기 이자가 바로 독살된 웨이트 남작의 서자, 캠린이오."

라테스가 끼어들며 마저 설명했다.

"몰락 귀족인 웨이트 남작이 독살된 채로 발견되자 로드리게즈 백작이 그를 죽이고 죄를 덮어씌우려는 것이라며 한참 말들이 많았지. 기억하오?"

라테스가 물었으나 누구도 답이 없었다.

"혹시 그대들이 모를까봐 말해 주겠소. 웨이트 가문에서 살해된 사람은 남작뿐이 아니오."

라테스는 잠시 딱한 눈으로 캠린을 내려다보며 말했다.

"웨이트 남작에게는 캠린 말고도 정실에게서 난 아들 둘과 딸이 하나 있었소. 몰락 귀족이지만 하인도 셋이나 있었다고 하오. 그런데 그들 전부가 시기는 다르지만 남작이 죽고 난 후 모조리 저세상 사람이 되었소. 이 모든 게 1년 안에 벌어진 일이오."

1년이 결코 짧은 시간은 아니지만, 그 안에 일곱이나 되는 사람이 죽었다는 것은 누군가 의도한 것이 아니고서는 거의 불가능한 일이었다.

"이상함을 느낀 나는 거기서부터 시작했소. 누가 그들을 죽였을까, 왜 죽여야 했을까……."

라테스가 무심한 시선으로 타운젠드 공작과 맥카시 공작을 훑었다. 어째선지 맥카시 공작 쪽은 캠린이 등장한 순간부터 아무 말도 하지 않고 있었다.

"캠린은 말했듯이 서자로 태어났소. 이미 아들이 둘이나 있던 웨이트 남작은 그를 거두지 않고 유곽의 여인인 어미와 살게 했지. 아마 캠린은 그래서 살 수 있었던 것 같소."

그때의 기억이 떠오르는지 캠린이 바닥에 엎드린 채로 두려운 듯 부르르 몸을 떨었다.

"웨이트 남작을 누가 죽였는지는 알 수 없으나 그자는 하나의 큰 실수를 한 셈이오. 만약을 위해 남작이 자신의 숨겨진 자식인 캠린에게 서찰을 남겼다는 사실을 몰랐을 테니."

"……!"

헤이스버트 백작과 콘로이 자작의 눈이 마주쳤다. 애써 놀람을 감추고 있지만 맥카시 공작의 눈빛 또한 흔들리고 있었다.

"캠린의 존재를 아는 데 2년, 그를 찾는 데 3년이 걸렸소. 이반?"

"네, 폐하."

럼블리 백작이 품에 넣어두었던 서찰을 꺼내 재빨리 라테스에게 넘겼다.

"이것이 그 서찰이오. 로드리게즈 백작이 억울한 누명을 썼다는 것은 서찰을 읽어보면 알 수 있을 것이오. 자, 누가 먼저 보겠소?"

타운젠드 공작이 맥카시 공작을 돌아봤다. 하지만 맥카시 공작은 아무런 움직임이 없었다.

헤이스버트 백작과 콘로이 자작만이 불안한 눈빛으로 황제의 손에 들린 서찰을 바라볼 뿐이었다.

"가져가게."

황제가 글렌에게 서찰을 넘겼다. 글렌은 서찰을 받자마자 아버지인 타운젠드 공작에게 넘겼다.

봉투 안에 든 서찰은 총 두 장이었다. 공작이 냉엄한 눈길로 첫 장부터 재빨리 훑어 내렸다.

웨이트 남작 보시오.
서신과 함께 보내는 것이 바로 그대가 로드리게즈 백작에게 건네야 할 물건이오.
그것을 달여 먹이면 머리가 맑아지고 기운이 솟아 황제가 어수선한 정국을 살피기에 좋을 것이라고 말하면 될 것이오.
황제의 건강을 유난히 챙기는 백작이니 아마 쉽게 넘어올 것이라 생각하오.
백작이 미리 먹어볼 것을 대비해 안전한 것으로 준비했으니 걱정할 필요는 없을 것이오. 따로 준비한 그것은 황궁에서 바꿔치기 할 준비가 다 되었소.
일이 진행되면 뒷일은 우리가 알아서 할 테니 당분간 그대는 황도를 떠나 있는 것이 좋겠소.
이 서신은 읽는 대로 바로 소각하시오.

타운젠드 공작은 다 읽은 서찰을 스웨르겐 백작에게 넘겼다.
다음 장은 웨이트 남작이 아들인 캠린에게 보내는 편지였다.

사랑하는 나의 아들 캠린에게.
그동안 잘 지냈느냐?
너를 못 본 지도 벌써 3년이 다 되가는구나.

아비가 부족하여 너와 네 어미를 그곳에서 데려오지 못하고 있으니 널 볼 낯이 없다.

그래도 올해는 꼭 함께 살 수 있을 거라고 생각하였는데, 돌아가는 상황이 어렵겠구나.

아무래도 아비는 앞으로 너를 볼 수 없을 것 같다.

가문을 다시 일으켜 세울 수 있을 거란 기대에 그자의 손을 잡은 것이 이토록 무서운 일일 줄은 몰랐다.

아마도 일이 끝나면 그자는 아비를 살려둘 생각이 아닌 듯하다.

힘이 없는 것이 죄인 세상이니 방도가 없구나.

그저 너라도 살 수 있기를 바랄 뿐이다.

그래도 혹시 몰라 그에게서 받은 편지를 동봉하니, 훗날 힘을 얻거든 아비의 복수를 꼭 해다오.

아무것도 해준 것 없이 너에게 이런 큰 짐을 맡겨 미안하구나.

아비를 원망하지는 말아다오.

너와 네 어미에 대한 사랑만큼은 진심이었다.

부디 건강하거라.

"필적 감정을 원하오?"

조작된 서찰이라고 우길 수도 있는 노릇이었다. 서찰을 다 읽은 타운젠드 공작이 아무 말 없었지만, 라테스는 이미 준비를 하고 있었다.

"이반."

황제의 부름에 럼블리 백작이 다시금 품에서 종이뭉치를 꺼내 글렌에게 넘겼다.

“웨이트 남작가가 역모에 연루되지는 않았으나 로드리게즈 백작의 주장으로 궁의 조사를 받았었소. 그때의 자료가 남아 있으니 대조를 해보시오.”

“제가 하겠습니다.”

필적 감정이라면 글렌을 따라올 자가 없었다. 그가 이반에게서 받은 자료와 서신을 바닥에 펼치고 꼼꼼히 살피기 시작했다.

그리 짧지도 길지도 않은 시간이 흘렀다. 글렌이 공작을 향해 묵묵히 고개를 끄덕이며 일어섰다. 필체가 맞는다는 뜻이다.

“맥카시 공작도 보시겠소?”

“네, 폐하.”

뒤늦은 라테스의 물음에 콘로이 자작이 재빨리 글렌에게서 서찰을 넘겨받아 공작에게 건넸다.

딱딱한 표정으로 공작이 천천히 두 장의 편지를 읽어 내려갔다. 어깨 너머로 같이 읽고 있던 헤이스버트 백작과 콘로이 자작이 눈에 띄게 안도하는 모습을 보였지만, 황제는 일부러 모른 척했다.

“그쪽에선 누가 필적 감정을 하시겠소?”

“타운젠드 백작의 실력을 믿겠습니다.”

맥카시 공작은 따로 감정을 시도하지 않았다. 글렌이 확인을 한 이상 이쪽에서 나서는 건 시간 낭비였다.

"그럼 소감을 묻겠소. 아직도 로드리게즈 백작이 역모를 저지른 죄인이라고 생각하오?"

"……."

두 공작 모두 대답하지 못했다. 한낱 종이 쪼가리라 치부하기엔 증거가 너무도 명확했다.

사실 로드리게즈 백작이 죄를 짓지 않았음은 이곳에 모인 모두가 알고 있는 사항이기도 했다.

대쪽 같은 성정을 지닌 것이 흠이긴 했으나, 로드리게즈 백작은 감히 황위를 탐내거나 할 위인이 아니었다. 오히려 그는 누구보다도 황제의 안위와 건강을 위하는 자였다.

그의 죄라면 황제의 편에서 공작들과 맞선 것이 죄였고, 라키아라는 희대의 걸물을 탄생시킨 것이 저질러서는 안 될 가장 큰 죄였다.

로드리게즈 백작의 차남이었던 라키아는 제국에 다시없을 검의 천재였다.

열여섯에 소드 마스터가 되고서도 발전을 거듭하는 그가 공작들은 두려웠다.

그래서 그대로 두었다가는 무서운 적이 될 거라는 것을 알기에 한쪽에서 음모를 꾸몄고, 다른 한쪽은 방관적 자세로 일관하며 암묵적 동의를 표시했다.

황제의 끈질긴 노력으로 이제야 백작가의 누명이 벗겨지게 되었지만, 어차피 라키아는 이 세상 사람이 아니었다.

억지를 부리기보다는 황제의 편을 들어주는 것이 지금의 상황에서 두 공작이 할 수 있는 가장 최선의 선택이었다.

"어찌 대답들이 없으시오?"

라테스가 크게 다시 묻자 맥카시 공작이 먼저 대답했다.

"아닙니다, 폐하. 폐하의 말씀대로 로드리게즈 백작이 억울한 누명을 썼음이 이로써 증명이 된 듯합니다. 그의 억울함을 세상에 알려 명예 회복을 함이 옳은 줄로 압니다."

"타운젠드 공작도 그리 생각하시오?"

"네, 폐하. 서신을 보니 로드리게즈 백작이 음모의 희생양임을 알 수 있었습니다. 어떤 자가 그런 짓을 저질렀는지 신이 기필코 밝혀내겠습니다."

조금 전까지와는 사뭇 상반된 모습이었다. 로드리게즈 백작을 험담할 때는 언제고, 이제와 진범을 잡겠단다.

라테스는 최대한의 인내심을 발휘하여 빈정거리지 않으려고 애썼다.

"짐도 타운젠드 공작만 믿겠소. 캠린은 일어나라."

그때까지 바닥에 엎드려 있던 캠린이 눈치를 살피며 느릿느릿 몸을 일으켰다. 그러나 여전히 무서운 듯 차마 고개를 들지는 못했다.

"네 덕분에 아끼던 수하의 명예를 찾을 수 있게 되었다. 소원이 있으면 말해 보아라. 그것이 무엇이든 짐이 다 들어주겠

다."

"……아닙니다, 폐하. 어찌 제가 감히 폐하께 소원을 아뢴단 말입니까."

"괜찮으니 말해 보아라. 재물이 필요하느냐?"

"소인은 정말 아무것도 필요치 않습니다."

"어허, 괜찮다는데도."

라테스는 정말로 무언가를 해주고 싶었다. 캠린 덕분에 친형과도 같았던 라키아의 누명을 5년이 지난 지금에서야 풀게 되었다. 보답을 하지 않는 건 말이 되지 않았다.

"소인은 그저 어머니와 함께 조용히 살고 싶습니다. 사, 살려만 주십시오, 폐하."

비록 함께 산 적은 없지만 그에겐 아버지와 형들, 그리고 여동생이 있었다. 그들처럼 자신도 어머니를 남긴 채 죽어야 하는 건 아닌지 캠린은 그것이 무섭고 두려웠다.

"앞으로는 그런 걱정을 할 필요 없다. 캠린, 너의 목숨은 황제인 내가 지킬 것이다. 너에게 칼을 내미는 자는 곧 짐을 해치려는 것으로 간주할 것이니 안심하고 살거라."

캠린에게 하는 말이지만 그것은 두 공작에게 하는 말이기도 했다.

라테스의 은근한 협박에 타운젠드 공작의 눈에 옅은 웃음이 피었고, 맥카시 공작은 차갑게 표정을 굳혔다.

"원하는 것이 없다면 임의대로 상을 내리겠다. 이만 나가 보아라."

황제의 축객령에 캠린이 기뻐하며 근위 기사단의 도움을 받아 서둘러 대전을 벗어났다.

"일이 정리가 되는 대로 공표할 것이오. 오늘 내가 그대들을 부른 이유는 모든 절차가 합당했음을 증명해 주길 바라서요."

"기꺼이 폐하의 뜻에 따르겠습니다. 신은 이번 일로 다시 한 번 폐하의 끈기에 감탄을 하였습니다. 죽은 신하의 명예를 위해 이토록 노력을 해주시니, 모시는 신하로서 감읍할 따름입니다."

헤이스버트 백작이었다. 그가 감격에 벅찬 음성으로 라테스를 찬양했다.

"그렇게 생각해 주니 고맙소. 아까운 인재를 잃었지만 이렇게나마 명예를 찾아주어 짐도 아주 기쁘오. 그대들이 억울한 죽음을 당하더라도 똑같이 하리라 약속하지."

"성은이 망극하옵니다, 폐하."

마음에도 없는 소리가 그들의 입에서 흘러나왔다. 더 이상 앉아서 그들의 거짓을 듣고 싶지 않았다. 라테스가 자리에서 일어섰다.

"밤이 늦었소. 그만 돌아가 잠을 청합시다."

"평안한 밤 되십시오."

귀족들의 인사가 대전을 울렸지만 라테스는 이미 다른 생각을 하고 있었다.

'라키아…….'

떠나간 그의 얼굴이 머릿속을 어른거렸다.

아무도 없었던 그에게 희망을 일깨워주고 용기를 주었던, 그의 벗이자 형이었던 사람.

드디어 그의 누명을 벗겨내었다.

'보고 있어, 라키아?'

처음 그의 가문이 역모를 저질렀다는 소식을 들었을 때, 라테스는 그를 잃을 거라고는 조금도 예상하지 못했다.

자신이 나서면 그런 오해는 풀 수 있을 거라고, 아무 일도 일어나지 않았으니 곧 해결할 수 있을 거라고 그렇게 생각했었다.

하지만 그것은 지독히 어리석고 순진한 상상이었다. 상황은 순식간에 걷잡을 수 없게 확산되었다. 황제인 그도 모르는 사이에 황군이 출군하고 곧바로 혈전이 벌어졌다.

역모를 저지른 것으로도 모자라, 감히 황도에서 유혈 사태를 벌이는 그를 살려두어서는 안 된다는 상소문이 끊이지 않고 올라왔다.

라키아가 황군을 모두 죽이고 도망을 쳤다고 했을 땐 기쁨의 눈물까지 흘렸다. 그리고 그가 시체로 발견되었다는 소식을 들었을 땐 며칠을 멍하니 창밖만 바라보았다.

외딴 곳에서 홀로 외롭게 죽어갔을 라키아만 생각하면 라테스는 아직도 가슴이 찢어질 듯 아프다. 황제로서 그를 지켜주지 못한 것이 못내 미안하고 부끄러웠다.

용서하지 않을 것이다.

자신들의 욕심과 야망을 위해 그에게서 가장 소중했던 이의 생명을 앗아간 그들에게 라테스는 반드시 대가를 치르게 할 작정이었다.

그것만이 그가 라키아에게 해줄 수 있는 마지막 남은 것이었다.

제9화 리안의 치료 마법

끼이익.

레베카가 서재의 문을 열고 복도로 나왔다.

타다닥.

그런 그녀의 앞으로 하녀 한 명이 빠르게 뛰어 지나갔다.

레베카가 고개를 갸웃거렸다.

희귀한 서적이 많은 리안의 서재는 그녀가 요즘 즐겨 찾는 곳 중 하나였다. 오늘도 아침 식사를 끝내자마자 서재에 틀어박혀 열심히 책을 보던 중이었다.

그런데 조용하던 성내가 갑자기 시끌벅적해지기 시작했다. 활기찬 곳이긴 하지만 이렇듯 소란스러운 적은 한 번도 없었기에 그녀는 의아했다.

"저기…… 무슨 일이죠?"

"앗, 레베카 아가씨!"

한 손에 걸레를 든 채로 달려가던 하녀가 레베카를 발견하고 급히 멈추며 공손히 허리를 숙였다.

"성에 무슨 일이라도 생겼나요?"

"아, 저 그게 손님이 오셨습니다."

"손님?"

"네, 어떤 귀족 분께서 영주님께 아들의 병을 고쳐달라고 찾아오셨다고 해요."

'결국.'

예상했던 일이었다. 칼리스타 백작이 마법으로 사람을 살렸으니 구명을 바라는 이들의 손길이 뻗치는 건 너무도 당연했다.

"누구라고 하던가요?"

"그건 저도 잘 모르겠어요. 아무튼 지금 다들 아래층으로 모이고 있습니다. 아직 아무도 영주님의 마법을 구경해 보지 못했거든요."

그러니 이제 제발 자신을 놓아달라는 듯 하녀가 애원의 눈길로 레베카를 올려다봤다.

레베카는 그제야 작금의 소란을 이해했다. 성내의 하인들이 호들갑을 떠는 이유는 손님이 와서가 아니라, 영주인 칼리스타 백작의 마법을 보기 위해서였다.

그리고 그 심정에 그녀는 전적으로 동감했다.

"거기가 어디죠?"

"네?"

"우리 같이 가요!"

"아, 네. 저를 따라오세요!"

하녀는 처음에는 당황했지만 이내 알아듣고 기쁜 얼굴로 앞장섰다.

"많이도 모였군요."

일층 홀은 그야말로 수많은 하인들로 북적이고 있었다. 레베카는 리안의 성에서 머무는 동안 지금처럼 많은 하인을 한꺼번에 본 것은 처음이었다.

"아가씨."

하인들 틈에는 휴식을 취하고 있어야 할 그녀의 호위기사들도 몇몇 눈에 띄었다. 단장인 벨테른이 레베카를 발견하고 계단 근처로 뛰어왔다.

"누가 왔던가요?"

"포만 남작입니다."

"그분이라면 들은 적이 있어요. 아픈 아들이 있다고 하던데, 혹시 같이 왔나요?"

"네, 긴 여정으로 무리가 갔는지 상태가 더 안 좋아졌다고 합니다. 정신을 잃은 채로 하인의 등에 업혀 안으로 들어가는 것을 보았습니다."

포만 남작의 영지는 리안의 영지에서 꽤 먼 곳에 위치하고 있었다. 멀쩡한 사람도 오는 동안 피곤했을 터. 일면식도 없는 사람이지만 레베카는 가엾게 느껴졌다.

"그는 어디에 있나요?"

"따라 오십시오."

레베카가 움직이자 모여 있던 하인들이 알아서 자리를 비켜 주었다.

벨테른이 안내한 곳은 멀지 않았다. 하인들이 기웃거리고 있는 곳은 손님들이 가장 먼저 발을 딛는 응접실이었다.

"칼리스타 백작님, 컬린을 꼭 좀 살려주십시오. 이렇게 부탁드립니다!"

레베카가 응접실에 가까이 갔을 때 한 남성의 애절한 목소리가 들려왔다. 누구의 음성인지는 보지 않아도 알 것 같았다.

"……."

안으로 들어간 레베카의 눈에 가장 먼저 들어온 것은 널찍한 소파에 누워 있는 한 소년이었다.

열다섯 정도 되었을까?

하얗게 칠을 한 듯한 창백한 피부하며 깡마른 몸이 보는 이로 하여금 절로 안타까움을 자아내게 하는 소년이었다.

소년은 잠이 든 듯 눈을 감고 있었다. 긴 갈색의 곱슬머리가 그런 소년의 얼굴을 감싸듯 퍼져 있었다.

전체적으로 완연한 병자의 모습을 하고 있는 데 반해, 소년의 입술은 매우 붉고 도톰했다. 마치 선인장이 죽음을 목전에 두고 마지막 힘을 짜내 꽃을 피우듯 유독 입술에만 생기가 넘쳤다.

그 모습이 왠지 더 슬퍼 보여 레베카는 미간을 찌푸렸다.

응접실 안에는 포만 남작 말고도 몇 사람이 더 있었다. 리안의 측근을 빼고는 모두 처음 보는 얼굴이지만, 세 사람은 누군지 알 수 있었다.

황금색 지팡이가 수놓아져 있는 하얀색 로브는 황실 마법사들만이 입을 수 있는 것이었다.

그들은 기대에 찬 시선으로 리안을 주시하고 있었다. 이번만은 절대 놓치지 않겠다는 사명감이 느껴지는 눈빛이었다.

그것을 아는지 모르는지 리안이 컬린을 향해 천천히 걸어갔다.

"저도 장담할 수는 없습니다. 할 수 있는 한 해보겠지만 기대는 하지 마십시오."

"칼리스타 백작님만 믿겠습니다!"

포만 남작과 리안은 오늘이 첫 만남이었다. 더욱이 남작이 리안의 성에 도착한 지는 아직 채 한 시간도 지나지 않았다.

그런데도 리안을 향한 포만 남작의 눈에는 믿음이 가득했다. 리안이 반드시 아들을 살려줄 거라는 확신이 그에게 서려 있었다.

아마도 그는 그렇게라도 믿고 싶은 듯했다. 그래야 아들이 살아날 수 있다고, 그런 식으로나마 마지막 희망의 끈을 붙잡고 있는 게 아닌가 하는 생각이 들었다.

'흐음.'

리안은 심각한 눈빛으로 컬린을 내려다보았다. 리안에게 컬린을 살려줘야 할 이유 같은 건 없었다.

하지만 무턱대고 자신을 찾아온 포만 남작을 리안은 저버릴 수 없었다.

유일한 아들이라며 자신을 보자마자 애걸복걸하는 그가 너무 딱하기도 하지만, 그보단 컬린의 상태가 예상했던 것보다 훨씬 위중했기 때문이다.

컬린은 리안이 일전에 치료했던 환자들처럼 어딘가에 외상이 있는 것은 아니었다. 그렇다고 내상이라고 할 수도 없었다.

그저 몸속의 흐름이 이상하달까?

사람의 몸에는 총 두 가지의 흐름이 있다.

피와 마나.

리안은 치료 마법과 마나 장악력을 통해 그 흐름을 모두 느낄 수가 있는데, 인간은 그 흐름이 원활하지 못하면 사망에 이른다.

컬린의 몸에서 이상한 건 마나의 흐름이었다. 혈류의 속도는 정상인데 반해 마나의 흐름이 사지는 물론, 몸 전체에 걸쳐 칼로 도려낸 듯 툭툭 끊어져 있었다.

마나의 흐름이 이처럼 불균형한 사람은 리안은 태어나 처음으로 보았다.

듣자하니 용하다는 치료사란 치료사는 다 왔다 갔지만 아무도 병명조차 알아내지 못했다고 했다.

리안은 그 이유를 이제야 알 수 있었다.

마나를 느끼지 못하는 그들이 컬린의 몸 상태를 알아내기란 애초부터 불가능한 것이기 때문이다. 그들이 모르는 것은 너무도 당연했다.

'내가 고칠 수 있을까?'

리안은 확신할 수가 없었다. 처음 보는 증상의 환자였고, 치료 마법의 효용이 어디까지인지는 아직 리안도 정확히 알지 못한다.

레어의 치유홀이라면 가능할 것 같기도 하나, 그곳은 세상에 드러낼 생각이 전혀 없었고, 일단은 시도를 먼저 해보는 것이 순서였다.

리안은 컬린이 누워 있는 소파 앞에 한쪽 무릎을 꿇고 앉았다. 그리고 두 손을 각기 컬린의 배와 다리에 얹었다.

두근두근.

컬린의 심장 뛰는 소리가 고요한 적막을 깨며 리안의 귀에 들려왔다.

리안은 지그시 눈을 감았다. 서서히 마나를 끌어올리며 속으로 치료 마법의 가장 위 단계 시동어를 외쳤다.

'큐어!'

리안의 몸이 다시금 금빛 마나로 물들었다. 그 마나가 리안의 팔을 타고 서서히 컬린에게로 전해졌다.

마치 살아 있는 것처럼 선명하게 움직이는 마나의 이동을 보며 여기저기서 감탄의 탄성이 흘러나왔다.

"저, 정말 금빛 마나야……."

테라는 말로만 들었던 리안의 황금색 마나를 보자 그대로 넋을 잃었다.

아름다웠다. 찬란한 광채를 뿜어내는 리안의 모습은 그 자체로 하나의 예술이었다.

시간이 흐를수록 리안에게서 흘러나오는 빛의 색이 점점 더 진해졌다.

로이드와 바이런은 숨을 죽였다.

6서클 대마법사가 시전하는 치료 마법은 결코 쉽게 볼 수 있는 장면이 아니다. 긴장감에 손에 땀이 차올랐다. 둘이 약속이라도 한 듯 로브자락에 손바닥을 닦았다.

'응?'

그때 라키아는 뭔가 이상함을 느끼고 옆을 돌아봤다. 그의 옆에는 차이가 있었다.

리안이 전처럼 무리할 것을 대비해서 자리를 지키고 서 있던 라키아는 이해할 수 없는 차이의 모습에 눈을 흡떴다.

평소 차이는 차가운 인상에 걸맞게 표정의 변화가 거의 없는 편이었다. 그런 그가 감격에 벅찬 눈빛으로 리안을 보며 몸을 잘게 떨고 있는 것이다.

'왜?'

라키아는 의아했다. 리안이 마법사라는 것을 모르고 있었던 것도 아니질 않은가.

처음 보는 치료 마법에 감동을 하는 것치고는 어딘지 어울리지 않는 모습이었다.

리안에게서 나오는 드래곤의 기운 때문에 저절로 차이의 몸이 반응한 것이지만, 그 사실을 모르는 라키아는 눈을 가늘게 모으며 수상한 표정을 지었다.

"우리 영주님께서 정말로 마법사셨어!"

"어머, 어떡해!"

"너무 멋있지 않니?"

응접실과 홀을 연결하는 통로 사이로 안을 훔쳐보고 있던 하녀들의 눈은 정상이 아니었다. 비록 거리가 멀어 자세히는 볼 수 없지만, 응접실에서 새어 나오는 황금빛만으로도 감상은 충분했다.

"어디 어디! 비켜봐, 좀!"

자리가 모자라 제대로 보기 힘들었던 하녀들이 안달을 부리며 비집고 들어왔다.

"쉿, 모두 조용."

알만이 급히 다가와 주의를 주었기에 망정이지, 하마터면 자리 때문에 머리채를 잡고 싸움이라도 날 뻔했다.

"어? 빛이 사그라진다."

"정말……. 벌써 끝난 건가?"

멀리서 지켜보던 하인들이 응접실에서 새어 나오는 빛이 줄어드는 것을 보며 저마다 아쉬운 음성을 뱉었다.

두 손을 꼭 마주잡은 채 신이란 신은 다 찾고 있던 포만 남작이 떨리는 가슴으로 리안에게 다가갔다.

번쩍.

그때 리안의 감은 눈이 떠졌다.

응접실을 채우던 황금색 빛은 이제 다 사라졌지만, 리안의 그 눈만은 여전히 금빛으로 물들어 있었다.

"헉!"

놀란 포만 남작이 멈칫하며 신음을 터뜨렸다.

"괜찮으십니까?"

"아, 네……."

남작은 고개를 세차게 끄덕이며 더듬더듬 대답했다. 그의 안위를 묻는 리안의 눈동자는 어느새 본래의 색으로 되돌아가 있었다.

황금색 눈동자는 아주 찰나였지만, 포만 남작의 머릿속에 강인한 인상을 주었다.

"제가 할 수 있는 치료는 모두 마쳤습니다."

"어떻게 되었습니까? 치료는 잘 된 겁니까?"

컬린은 여전히 소파에 얌전히 누워 있었다. 리안이 치료를 하는 동안 컬린은 어떤 신음도 없었고, 깊은 잠에 빠진 듯 작은 미동조차 없었다.

포만 남작은 갑자기 불안해졌다.

"확실한 건 아드님께서 깨어나 봐야 알겠지만 상태는 많이 좋아졌습니다. 제 치료가 통하지 않으면 어쩌나 걱정을 했었는데, 다행히 무리 없이 받아들이더군요."

"저, 정말입니까? 컬린은 그럼 이제 다 나은 건가요?"

포만 남작이 덥석 리안의 손을 붙잡았다. 바로 코앞까지 다가온 그의 덥수룩한 수염이 부담스러웠지만, 리안은 애써 웃으며 대답했다.

"완전히 다 나았다고는 장담할 수 없습니다. 아드님의 병은 마나의 흐름이 원활하지 못한 것이 원인이었습니다."

"마나의 흐름이라니요? 그런 말은 처음 듣습니다."

수많은 치료사들이 컬린의 몸을 살폈지만 여태껏 그런 말을 들은 적이 없었다.

"마나가 무엇인지는 아실 겁니다."

"네, 압니다. 비록 소드 유저밖에는 되지 못했지만 이래봬도 저도 기사니까요."

"아, 그럼 설명이 더 편하겠습니다. 마나는 저와 같은 마법사나 남작님과 같은 기사들이나 느낄 수 있는 것입니다. 그러니 치료사들이 모르는 것은 당연한 일이지요."

“아.”

“사람은 누구나 마나를 품고 있습니다. 그리고 사람의 몸에는 그 마나가 지나는 길이 있지요. 아드님께선 그 마나의 길이 여러 군데 끊겨 있었습니다.”

“그런……!”

포만 남작은 신음했다. 처음 듣는 얘기지만 아들이 보통 사람과 다르다는 말은 그에게 충격이었다.

“사람의 몸은 피와 마나가 정상적으로 흐르지 않으면 이상이 생깁니다. 심하면 죽을 수도 있지요.”

“아, 안 됩니다! 우리 컬린을 제발 살려주십시오!”

“오해하지 마십시오. 말이 그렇다는 거지, 아드님이 그렇다는 것이 아닙니다.”

리안은 재빨리 정정했다.

“아드님은 제가 일단 치료 마법으로 마나의 흐름을 이어 놓았습니다. 하지만 원인을 알 수 없으니 또 그렇게 되지 말란 보장이 없습니다.”

“그럼 어찌해야 합니까?”

“이건 제 생각이지만 아마도 마나를 다스리는 훈련을 하면 어떨까 생각합니다.”

“마나를 다스리는 훈련이라면…… 혹시 기사가 되라는 말씀이십니까?”

“아니요. 기사도 마나를 다루기는 하지만 세세한 마나의 운

용은 마법사들이 훨씬 뛰어납니다. 게다가 아드님의 가녀린 몸은 기사보다는 마법사가 더 체질에 맞을 것 같군요."

리안은 잠들어 있는 컬린을 내려다보며 싱긋 웃었다.

"그냥 제 생각을 말씀드렸을 뿐입니다. 고민은 나중으로 미루시고 지금은 일단 아드님을 손님방으로 옮기는 게 어떨까요?"

리안은 문가에 서 있는 알만에게 눈짓을 보냈다. 이미 대기하고 있었던 듯 하인 둘이 다가와 컬린을 등에 업었다.

"따라오시지요."

알만의 안내에 포만 남작이 일행과 함께 응접실을 벗어났다. 벌떼처럼 몰려 있던 성의 하인들이 그제야 후다닥 자신들의 자리로 돌아갔다.

"칼리스타 백작님!"

엘의 다급한 음성이 들린 것은 그때였다. 아침 식사 때도 보이지 않던 그녀가 긴 생머리를 휘날리며 응접실로 뛰어 들어왔다.

"에나벨, 무슨 일이에요?"

엘의 시선은 라키아를 향해 있었다. 그녀가 흥분된 목소리로 말했다.

"복권되었습니다."

"……?"

"5년 전 역모라는 누명을 쓰고 멸문을 당한 로드리게즈 백작가. 열여섯에 소드 마스터가 된 검의 천재 라키아 디 로드리게즈. 그의 가문이 불명예를 벗고 복권되었습니다!"

챙그랑!

라키아가 손에 쥐고 있던 유리컵을 뚝 떨어트렸다. 깨진 유리 조각과 물이 사방으로 튀어 오르며 그의 바짓단을 적셨지만, 아무것도 느끼지 못하는 듯 라키아는 한동안 못 박힌 것처럼 자리에 멍하니 서 있었다.

*　　　*　　　*

보안을 위해 자리를 리안의 집무실로 옮겼다. 더 이상 라키아의 얼굴에는 놀란 기색이 없었다.

하지만 깊은 생각에 빠진 듯 그는 한동안 입을 다문 채 말이 없었다.

리안은 라키아가 먼저 입을 열도록 기다려 주었다. 아마도 많은 것들이 그의 머릿속을 스쳐가고 있으리라.

앉은 자세로 한곳을 뚫어지게 바라보고 있지만, 라키아의 눈동자에는 많은 변화가 일어나고 있었다.

'폐하…….'

라키아는 리안의 영지를 방문했던 황제를 회상하고 있었다. 드러낼 수 없어 가까이 다가가지는 못했으나 먼발치에서나마 황제의 용안을 뵈었다.

황후가 된 레지나와 함께 있는 모습이 너무도 행복하게만 보이던 그의 주군.

두 공작의 방해에도 불구하고 기어코 자신의 누명을 벗겨주셨다.

이 은혜를 어찌 갚아야 할까.

라키아는 가문이 복권되었다는 기쁨보다 그런 걱정이 앞섰다.

'아버지.'

그동안 애써 기억하지 않으려 했던 아버지의 얼굴도 오늘따라 떠올랐다. 자식들에게는 언제나 엄격하시기만 하던 아버지였지만, 라키아는 아버지가 자식들을 누구보다 사랑하고 아꼈음을 알고 있었다.

역모라는 죄를 뒤집어쓰고 죽음에 처하셨을 때, 아버지는 자식들만이라도 살리기 위해 부단히도 애를 쓰셨다.

역모라는 것이 구족(九族)을 멸할 만큼 중죄임을 알면서도, 차마 자식의 목숨을 포기할 수는 없었던 아버지는 끈질기셨다.

그런 아버지 덕분에 결국 라키아는 살아남았지만 아버지와 어머니, 그리고 형과 여동생은 그렇지가 못했다.

'형…….'

두 살이 많았던 그의 형 타일러는 라키아가 보는 앞에서 황군에게 목이 날아갔다. 그 때문에 이성을 잃었던 라키아가 그

자리에 있던 모든 황군을 무자비하게 도륙한 사건은 아직까지 사람들의 입에 오르내리고 있었다.

시체를 회수하지도 못했다. 그날로 라키아는 홀로 먼 도망길에 오를 수밖에 없었다.

'비앙카.'

라키아는 고개를 뚝 떨어뜨렸다. 그가 가장 안타깝게 생각하는 것이 그의 하나밖에 없는 여동생, 비앙카였다.

그녀의 나이는 고작 열두 살이었다. 이제 막 세상에 대해 호기심을 드러내고 배우기 시작할 때, 그의 꽃다운 여동생은 황군의 화살을 맞고 죽었다.

아무것도 모르는 그런 어린아이까지 꼭 그렇게 죽여야 했을까.

자신을 보며 천진하게 웃던 비앙카의 미소를 떠올리면 라키아는 그대로 황도로 쳐들어가 두 공작의 목을 베어 버리고 싶은 충동을 느꼈다.

어느 쪽에서 음모를 꾸몄는지는 중요하지 않았다. 훗날 흉수를 알게 되면 한쪽에 대한 증오가 커지겠지만, 지금의 라키아에겐 모두가 적이었다.

"후우."

두통이 밀려왔다. 라키아가 관자놀이를 손가락으로 누르며 작게 심호흡했다.

이제껏 잊으려고 그렇게도 애를 썼는데 이제 보니 하나도 잊은 것이 없었다. 모든 일이 바로 어제 일처럼 생생하기만 하다.

"라키, 괜찮아?"

그때 리안의 조심스러운 음성이 들려왔다. 라키아가 천천히 고개를 들었다. 걱정이 담긴 리안의 맑은 눈동자가 시야에 들어왔다.

'훗.'

라키아는 새삼 실소를 흘렸다.

녀석이 아니었다면 자신은 어떻게 됐을까?

모르긴 몰라도 아마 이처럼 살아서 움직이고 있지는 못할 것이다.

모든 게 리안 덕분이었다.

부상을 입고 쓰러져 사경을 헤매고 있던 자신을 데려와 치료한 것도 녀석이고, 가짜 시체를 만들어 사건을 종결시킨 것도 바로 녀석이었다. 지금까지 호위기사라는 신분으로 살게 한 것도 리안이었다.

도무지 속을 알 수 없는 놈.

라키아가 리안을 처음 만났을 때 내린 평가였다.

어린애 주제에 수상한 힘을 지닌 것도 그렇지만, 보통의 귀족들과는 다른 사고방식이 그를 혼란스럽게 했다.

하지만 5년이란 시간을 같이 보낸 지금은 리안의 속을 조금은 알 것 같다. 이제는 녀석이 무엇을 원하고 바라는지 어렴풋이나마 짐작할 수 있었다.

"라키?"

리안의 염려 가득한 목소리가 다시 들려왔다. 라키아는 상념을 털어 버리고 리안과 눈을 맞췄다.

"왜 자꾸 불러."

"대꾸를 안 하니까 그렇지. 괜찮아?"

"내가 울기라도 할까봐?"

"아니, 그런 건 아니지만……. 그래도 마음이 심란할 것 같아서."

"좋은 일인데 왜 심란해?"

누명이 벗겨지는 날이 과연 오긴 오는 걸까? 근심과 걱정으로 밤잠을 설친 날이 헤아릴 수 없을 만큼 많은 라키아였다.

하지만 막상 그날이 오자 의외로 담담했다. 잊고 있던 기억들이 떠올라 가슴을 어지럽히고는 있지만, 전처럼 죽을 만큼 힘들지는 않았다.

조금 얼떨떨하기도 했다. 5년이란 세월은 라키아를 지금의 생활에 완벽히 적응하도록 만들었다.

갑자기 이곳을 떠나야 한다고 생각하니 아쉬움도 가슴 한편을 차지했다.

"괜찮다면 다행이고."

"꼬맹이 치료한다고 무리했을 텐데 너나 좀 쉬는 게 어때? 혈색이 창백해."

몸을 가눌 수 없을 정도인 건 아니지만, 라키아의 말대로 리안은 컬린을 치료하는 데 많은 심력을 쏟아부은 상태였다.

리안이 자신의 손등을 볼에 갖다 대었다.

"그런가?"

"가서 좀 누워. 난 에나벨에게 물어볼 게 좀 있어."

"앉아 있으면 금방 괜찮아질 거야."

라키아의 눈썹이 휘어지는 것을 보며 리안은 재까닥 소파에 등을 기대며 딴청을 피웠다. 한숨을 내쉬며 라키아가 엘에게 청했다.

"자세한 얘기를 듣고 싶군."

"……?"

"나에 대한 것 말이야. 에나벨이라면 이미 알고 있었을 텐데?"

"안다고?"

리안은 엘에게 라키아의 존재에 대해서 말하지 않았다. 그에 대해 아는 사람은 알만과 매들린, 그리고 차이뿐이었다(아사도 안다고 할 수 있겠으나, 녀석은 워낙 그런 일에는 관심이 없었다).

"에나벨, 알고 있었어요?"

리안이 눈을 동그랗게 떴다.

라키아의 도전적인 시선을 뒤로하며 엘이 말했다.

"네, 백작님. 알고 있었습니다."

"언제부터죠?"

"얼마 되지 않습니다. 폐하와 황후 마마께서 영지를 방문하셨을 때니까요."

"아."

황제와 마주칠 것을 대비해 황제가 성에 머무는 동안 라키아는 성 밖에서 지냈다. 사람들에게는 리안이 심부름을 보냈다고 했지만, 영지 전체에 정보원을 깔아놓은 엘의 눈까지 속일 수는 없었다.

리안의 거짓말이 충분히 이상했을 것이다.

"의심을 한 것은 예전부터였습니다. 역모로 망한 로드리게즈 백작가의 생존자를 찾으라는 의뢰도 너무 뜬금없었고, 여기 라키 님의 이름이라든가, 능력, 비슷한 외모가 제게는 모두 의심의 대상이었죠."

"그런 의뢰를 했었나?"

라키아는 리안이 그런 것까지 신경 쓰고 있는 줄은 몰랐다. 자신조차 생각하지 못한 일을 리안이 챙기고 있었다는 사실에 그는 내심 감동했다.

"네, 제 기억에 아마 그것이 백작님의 두 번째 의뢰였던 것 같습니다. 아무튼 2년 전 백작님이 마법사임을 알았을 때, 라키 님의 용모를 바꾼 것은 아닐까 두 번째로 의심하였습니다. 사실 다른 건 다 제쳐두고 생김새가 다르다는 것 때문에 확신할 수가 없었거든요."

리안이 5서클의 마법사라는 걸 알게 되었으니 당연히 할 수 있는 생각이었다.

"그리고 조금 전 말씀드렸다시피 폐하께서 오셨을 때, 백작님께서 라키 님을 심부름 보내셨죠. 물론 거짓으로요. 폐하와 라키아 님이 친형제처럼 지낸 것은 제국민이 모두 아는 사실입니다. 그때 확신했습니다. 라키 님이 그 라키아 님인걸. 물론 이 모든 건 저만 아는 사실입니다."

"폐하께서 직접 공표하셨나?"

"아직은 아닙니다."

"그럼 어찌 알았지?"

모든 것이 비밀리에 진행됐을 터였다. 공표도 하지 않은 그런 귀중한 정보를 엘이 알고 있다는 것에 라키아의 눈이 가늘어졌다.

"폐하께서 한밤중에 타운젠드 공작과 맥카시 공작을 은밀히 불러들이셨습니다. 특별히 주시하라는 백작님의 명이 있었기에 알 수 있었지요."

"리안이?"

라키아의 시선이 리안에게로 옮겨갔다.

"네, 폐하께서 환궁하신 이후로 황궁과 두 공작의 거처를 철저히 감시하라는 명을 내리셨습니다. 다른 정보 길드에도 조만간 소식이 가겠지만, 현재까지는 공작의 최측근과 우리 쪽만 아는 사실입니다."

"……."

라키아의 얼굴에 의심의 빛이 떠올랐다.

5년 전 자신을 구했을 때 리안은 말했었다. 폐하의 노고를 헛고생으로 만들지 말라고. 분명 폐하께서 억울한 누명을 풀어 주실 거라고.

그리고 5년.

최소 그 시간만 참고 기다려 달라고. 5년이 지나도록 아무것도 달라지는 것이 없으면, 그땐 본인이 포기를 하겠다며 자신을 이곳에 머물도록 설득시켰다.

올해로 딱 5년이 되었다.

그때의 라키아는 5년이란 기간에 큰 의미를 두지 않았었다. 리안이 적당한 숫자를 댄 것이라고만 여겼기 때문이다.

하지만 엘의 말을 듣고 있으니 마치 리안은 이 같은 일이 벌어질 걸 이미 예상이라도 한 듯하다. 리안이 특별히 주시하라는 명을 내리자마자 기다렸다는 듯 폐하께서 두 공작을 소환하셨다.

이 모든 게 우연의 일치일까?

사실 라키아는 리안이 가끔 이상하게 느껴질 때가 있었다. 무어라 정확히 설명할 수는 없지만 분명 그런 기분을 느낄 때가 있다.

지금만 해도 리안은 자신이 복권된다는 걸 이미 알고 있었던 눈치다. 기뻐하고는 있지만, 거기에 놀람이나 감동 따위는 없었다.

자신을 바라보는 라키아의 시선을 애써 피하며 리안이 엘에게 물었다.

"공작들의 반응은 어떻던가요?"

"조용히 일처리가 된 것으로 보아 폐하의 결정에 얌전히 따를 것으로 보입니다. 폐하께서도 확실한 증거를 찾으셨으니 공작들을 불러들였을 것이고요. 이미 그들에게 라키 님은 죽은 사람이기도 하니 쉽게 수긍했을 겁니다. 그들로서는 잃을 것이 없으니까요."

리안은 고개를 끄덕였다. 엘의 말이 맞았다. 지난 삶에서도 두 공작은 폐하의 뜻에 조금도 거스르지 않았다. 오히려 로드리게즈 백작가의 몰락을 비통해하며 불명예를 씻는 것에 앞장섰다.

희대의 천재인 라키아를 없앤 것만으로도 그들은 승리한 것이었다.

"아마 조만간 폐하의 공표가 있지 않을까 싶습니다. 복권이 되신 것을 진심으로 축하드립니다."

엘이 뒤늦은 축하 인사를 건넸다.

"축하해, 라키."

리안도 활짝 웃으며 라키아에게 손을 내밀었다. 그 손을 물끄러미 라키아가 내려다봤다.

'복권이라.'

새삼 그 말이 라키아의 마음에 동요를 불러왔다.

심장이 뛰었다. 이제 더 이상 신분을 속일 필요가 없었다. '라키' 가 아니라 '라키아' 로 불릴 수 있는 세상이 다시 돌아온 것이다.

라키아 디 로드리게즈.

드디어 잃어버렸던 이름을 찾았다. 라키아가 천천히 리안의 손을 맞잡았다. 따듯한 온기가 손을 타고 그에게로 전해졌다.

제10화 복귀

며칠이 지났다.

할아버지인 타운젠드 공작의 생신으로 인해 레베카는 아쉬움을 뒤로 하고 리안의 영지를 떠났다.

그녀는 빠른 시일 내에 다시 보고 싶다는 말로 리안에게 호감을 드러냈지만, 리안은 단순히 고개를 끄덕이는 것으로 그녀에게 마지막 인사를 건넸다.

그녀는 떠나기 전 아사와도 특별히 인사를 나누고 싶어 했는데, 안타깝게도 만남은 성사되지 않았다. 류지와 미하가 온 이후로 아사는 리안조차 얼굴을 보기가 힘들 정도였다.

녀석은 미하가 성에 머무는 것을 못마땅하게 여긴 것과는 달리 콕 붙어서는 떨어질 줄을 몰랐다.

미하 또한 아사의 선생으로서 그동안 가르치지 못했던 것들을 한꺼번에 토해내기라도 하듯 열과 성의를 다해 아사를 보좌하고 있었다.

덕분에 리안은 그동안 아사에게 뺏겼던 시간을 고스란히 업무에 쏟아붓고 있었다.

얼마 후면 타운젠드 공작의 생신 파티에도 참석해야 하고, 그 다음에는 라키아의 일로 황궁에도 가야 한다.

당분간 영지를 또 떠나게 생겼으니 밀린 서류 정리를 하기에는 지금이 딱 적기였다.

탁! 탁!

누군가 찾아온 것은 리안이 어느 때보다 열심히 도장 찍기에 몰두하고 있을 때였다.

"칼리스타 백작님."

방문객은 한동안 조용하던 포만 남작이었다. 그가 수염을 만지작거리며 리안의 집무실로 들어섰다.

남작의 아들인 컬린은 하루가 다르게 상태가 나아지고 있었다. 그 사실에 뛸 듯이 기뻐하면서도 남작은 아들의 병이 다시 도지지는 않을까 겁을 냈다.

그래서 리안은 상태가 더 호전될 때까지 그들 부자를 성에 머물도록 허락했다.

듣자하니 어제는 비록 부축을 받기는 했지만 컬린의 힘으로 직접 걷기까지 하였다고 한다.

다시 사례에 대해 논하러 온 것일까?

컬린이 좋아지고 있다니 직접 치료한 리안으로서도 마음이 뿌듯하지만, 자꾸만 답례를 하려는 포만 남작의 태도는 불편했다.

"앉으세요."

리안은 책상에서 일어나 그를 소파로 안내했다.

"바쁘신데 죄송합니다."

컬린을 치료한 이후로 포만 남작은 항상 리안의 앞에선 저자세로 나왔다. 그 점 또한 거북했지만 리안은 내색하지 않고 그를 보며 웃었다.

"아닙니다. 말씀하십시오."

"하인들의 말이 곧 황도로 떠나신다고 들었습니다. 정말입니까?"

"네, 이곳 일도 정리되고 하였으니 올라가 볼 생각입니다. 그 전에 마리오네시에 잠시 들러야 하겠지만요."

"마리오네시라면 타운젠드 공작령 말씀입니까?"

"네, 공작님의 생신 파티에 초대되었습니다."

"아아, 생신 파티가 이맘때였죠. 그곳에 초대되셨다니 축하드립니다."

"그게 축하받아야 할 일이었던가요?"

"아무나 초대를 받는 건 아니니까요. 저도 지금껏 한 번도 초대받지 못했습니다. 물론 가고 싶은 마음도 별로 없지만요."

포만 남작은 어깨를 으쓱이더니 말을 이었다.

"어쨌건 그 방문, 조금만 늦춰주시면 안 되겠습니까?"

"네?"

"염치없는 말씀이지만, 백작님이 떠나시고 아들 녀석의 상태가 다시 나빠질까봐 걱정스럽습니다. 제게 백작님을 잡을 자격 같은 것은 없지만, 제발 며칠만이라도 더 함께 계셔주십시오. 이렇게 부탁드립니다!"

포만 남작이 앉은 채로 리안을 향해 덥석 허리를 숙이며 애원했다.

'후.'

리안은 고개를 절레절레 저었다. 그가 생김새와 달리 상당히 심약한 심성의 소유자라는 것은 처음 만남 때부터 알아보았다.

그 모든 게 아들 때문이긴 하지만 리안은 나오는 한숨을 막을 수가 없었다.

"포만 남작님, 제가 드린 말씀 때문이라면 걱정하지 마십시오. 근일 내로 몸이 다시 나빠지는 것은 아니니까요."

"하지만……."

"치료사에게 기운을 돋우는 약을 주문해 놓았습니다. 당분간 그 약을 복용하며 운동을 병행하면 예전의 건강했던 모습으로 돌아갈 수 있을 거예요."

"정말 그렇게 하는 것만으로도 나아질 수 있는 겁니까?"

"정 안심이 되지 않는다면 이렇게 하도록 하죠."

어떤 말로도 그가 안심을 못하자 리안은 결국 마지막 카드를 꺼냈다.

"일 년에 한 번씩 컬린을 제게 데리고 오십시오. 그때마다 제가 컬린의 상태를 살펴드리지요. 그러면 안심이 좀 되시겠습니까?"

"헛! 정말 그래 주시겠습니까?"

포만 남작은 당장이라도 꿇어 엎드릴 기세였다. 대마법사인 리안이 매년 신경을 써준다면 아들의 병은 이제 다 나은 것이나 다름없었다.

"물론입니다. 단, 이건 저와 남작님만의 비밀이어야 합니다."

리안은 무척 바쁜 몸이었다. 이러한 사실이 알려졌다가는 제국 전역에서 환자가 몰려들지도 모른다.

컬린과 같은 특별한 경우가 아니라면 앞으로도 리안은 나서지 않을 생각이었다. 그는 영지를 다스리고 사업을 하는 사람이지 치료 마법사가 아니었다.

"그 비밀 꼭 지키겠습니다! 컬린을 살려주신 은혜 다시 한 번 감사드립니다!"

포만 남작은 한참이나 어린 리안에게 계속해서 머리를 조아리며 감사한 마음을 전했다. 아마도 다음으로 그가 할 말은 또 다시 보답에 관해서일 것이다.

"칼리스타 백작님께 사례를 하고 싶습니다. 하나밖에 없는 아들의 생명을 살려주신 은공을 무엇으로도 갚을 수 없겠지만, 제가 할 수 있는 것은 뭐든 할 테니 말씀만 하십시오."

"포만 남작님."

"네!"

리안의 낮게 깔리는 음성에 눈치 없게도 남작이 소리 높여 대답했다.

'끙.'

이렇게 말이 통하지 않는 사람은 실로 처음이었다. 사례는 필요 없다고 그렇게 누누이 말했는데도, 다음에 만나면 기억도 못하는 사람처럼 계속 되풀이를 하니 답답한 노릇이었다.

"말씀하십시오."

포만 남작의 맑은 눈빛은 정말로 리안의 말이라면 무슨 말이든 들어줄 태세였다.

결국 진 것은 리안이었다. 그를 떼어낼 수 없다면 받아들이는 수밖에는 방법이 없었다.

"좋습니다. 정히 저에게 사례를 하고 싶으시다면 폐하께 충성을 바쳐주십시오."

"그 말씀은 맥카시 공작과의 거래를 끊으라는 말씀입니까?"

여전히 리안을 우러러보는 눈빛이었으나 말투만큼은 달라

졌다. 포만 남작의 직설적인 물음에 리안은 잠시 당황했지만, 이내 고개를 끄덕이며 긍정했다.

"맞습니다. 가능하시겠습니까?"

리안도 단도직입적으로 물었다. 그러자 갑자기 포만 남작이 치아를 드러내며 크게 웃었다.

"하하하하!"

더부룩한 그의 수염이 소리에 따라 크게 흔들렸다.

"……갑자기 왜 웃으십니까?"

리안이 얼굴을 찌푸리자 포만 남작이 여전히 웃는 낯으로 말했다.

"속이 시원해서 웃습니다. 언제 그 말씀을 하시나 내내 기다렸거든요."

"네?"

"칼리스타 백작님을 뵙기 전에 이미 그렇게 결정을 짓고 이곳으로 왔습니다. 그런데 백작님께서 극구 사례는 필요 없다고 하시니 제가 속이 타지 않겠습니까?"

"하아?"

"이제라도 듣게 되어 속이 아주 후련합니다. 하마터면 마리오네시까지 쫓아갈 뻔했습니다. 껄껄."

뭐가 그렇게도 재밌는지 포만 남작이 목젖까지 보이며 계속 웃어댔다.

"참, 컬린은 몸이 좋아지는 대로 아카데미에 보낼 생각입니다. 다시 염치없는 부탁이지만, 자리를 하나 마련해 주시면 안 되겠습니까?"

"세이프리드 아카데미에 말입니까?"

"네, 이왕 배우려면 황실 마법사에게 배워야지요. 컬린의 아픈 몸을 위해서라도 도와주시리라 믿습니다."

이제 보니 능구렁이가 따로 없었다. 정계에는 진출하지 않고 조용히 사는 자라기에 순진할 거라 예상했는데, 완전히 정반대다.

규칙에 어긋나는 일이지만 리안은 거절하기가 애매했다. 컬린에게 마법을 배우라고 권한 것이 자신이었고, 녀석은 정말로 몸을 위해서라도 마법을 배우는 것이 좋았다.

제국에서 마법을 제대로 가르치는 곳은 세이프리드 아카데미가 유일하니, 포만 남작의 말처럼 리안이 자리를 만드는 수밖에는 방도가 없다.

내년에 있을 입학시험에 응시를 해도 되긴 하나, 몸을 위해서라도 컬린은 하루라도 빨리 마법을 배우는 것이 이로웠다.

"알겠습니다. 그러도록 하죠."

왠지 포만 남작에게 말리는 듯한 기분이었지만 리안은 고개를 끄덕이며 허락했다.

* * *

리안은 오랜만에 레어를 찾았다. 시간이 넉넉하다면 레어의 도서관에서 배를 깔고 독서라도 하고 싶지만, 오늘 레어의 방문 목적은 따로 있었다.

레어에 도착한 즉시 리안은 어딘가를 향해 바삐 걸어갔다. 넓은 홀을 다섯 개나 지나 리안이 들어선 곳은 갖가지 무기들이 진열된 어느 공간이었다.

그곳은 리안의 마나하트가 안개에서 액체의 상태로 변했을 때, 세이프리드가 안배해 놓은 두 번째 선물이 있는 곳이었다.

일견 보기에도 범상치 않아 보이는 무구들은 모두가 마법으로 만들어진 마법 병기였다.

"어디 있더라."

리안의 눈이 빠르게 진열대를 훑었다. 그가 찾는 것은 언젠가 눈여겨 봐두었던 바스타드 소드였다.

마법사인 리안이 갑자기 검을 찾는 이유는 본래의 신분으로 복귀하는 라키아에게 선물을 주고 싶어서였다.

바스타드 소드는 라키아가 애용하는 무기 중 하나로 장신의 그와 잘 어울린다고 리안은 항상 생각했었다.

"저기 있군."

리안이 반색하며 모퉁이로 달려갔다.

"으랏차."

리안이 조심스럽게 꺼내든 것은 화려한 모양의 다른 무기들과는 달리 조금은 단조로운 느낌의 검이었다.

꼿꼿이 세우면 리안의 허리를 넘어설 정도로 매우 긴 검은, 검집에 담겨 있어 검신의 상태를 볼 수 없었지만 리안은 걱정하지 않았다.

몇백 년의 시간이 흘렀음에도 검집에조차 먼지 하나 묻어 있지 않았다. 안은 보나마나다.

"워프!"

리안이 미소를 지으며 대지의 숨결에 마나를 불어넣었다. 그의 몸이 순식간에 레어에서 사라졌다.

파핫.

잠시 후, 리안이 다시 나타난 곳은 본성에 있는 그의 침실이었다. 정확히는 침실 옆에 난 작은 방으로 리안이 레어를 오고가는 용도로 사용하는 곳이었다.

드나드는 사람도 없을뿐더러, 평소 리안이 잠가놓기 때문에 안심하고 레어를 오갈 수 있었다.

"헉!"

하지만 오늘만큼은 아닌 듯하다. 작은 방에는 리안 혼자만 있는 것이 아니었다.

"라, 라키!"

벽에 등을 기댄 채 날카로운 눈빛으로 리안을 노려보고 있는 것은 라키아였다.

"생각보다 일찍 왔군."
라키아가 리안의 손에 들린 검을 향해 눈을 내렸다.
"어, 어. 이것 좀 주려고……."
리안은 얼떨결에 검을 들어 라키아에게 내밀었다.
"이게 뭔데?"
"선물."
"선물?"
라키아가 한손으로 검을 들고 요리조리 살폈다. 갑자기 이런 걸 왜 주느냐는 얼굴이었다.
"복귀 축하 선물이야. 명색이 기사단의 단장인데 그동안 내가 해준 것이 없잖아. 내 마음이니까 받아."
"특별한 건가 보지?"
목소리는 시큰둥했지만 라키아의 눈동자가 반짝였다. 그가 문을 열고 밖으로 나가며 검을 들어 자세히 살펴보기 시작했다.
"차이!"
그런데 기다리고 있었던 건 라키아뿐이 아니었다. 침실에는 차이의 모습도 보였다.
"다녀오셨습니까."
'하여튼 둘 다 귀신같아.'
자신을 향해 깍듯이 예의를 차리는 차이를 보며 리안은 양 볼을 부풀렸다.

'다녀오셨습니까?'

그런 리안과 차이를 라키아가 검을 내려놓으며 돌아봤다. 방금 전 차이의 인사에서 이상함을 느낀 것이다.

마치 리안이 어디에 갔다 왔는지 아는 듯한 말투이지 않은가?

가끔 리안이 몰래 사라진다는 것은 라키아도 안 지 얼마 되지 않은 일이었다. 그런 것을 이제 막 리안과 알게 된 차이가 알고 있다는 사실에 라키아는 왠지 기분이 상했다.

자신에게는 말하지 못하는 비밀을 차이에겐 말할 수 있다는 뜻인가…….

라키아의 안면이 싸늘하게 굳었다.

그걸 전혀 알지 못한 채 리안이 어색하게 웃으며 차이에게로 걸어갔다.

"응, 차이. 무슨 일이야?"

"의논드릴 일이 있어서 왔습니다."

"의논?"

"네, 타운젠드 공작의 생신 파티에 참석하신다는 것이 사실입니까?"

"응, 초대를 받았어. 왜?"

"저도 데려가 주십시오."

"차이도 가겠다고?"

차이의 뜬금없는 청에 리안은 적지 않게 놀랐다.

차이가 누군가? 그는 얼마 전까지만 해도 리안에게 비밀에 쌓인 후작이라고 불리던 몸이다.

물론 지금이야 그의 정체를 리안이 알고 있지만, 다른 귀족들에게 여전히 그는 베일에 싸인 존재였다.

황제의 대관식에도 참석하지 않은 그가 갑자기 모습을 드러낸다면 그 파장은 만만치 않을 것이다.

사람들의 관심이 부담스럽다고 말하던 차이가 그것을 감당할 수 있을까?

"네, 리안 님과 함께 그곳에 가고 싶습니다."

"그래도 괜찮겠어? 차이도 알겠지만 아주 많은 귀족들이 모일 거야. 아마 맥카시 공작도 올걸?"

제국의 재상인 타운젠드 공작의 생일이었다. 서로가 아무리 경쟁 관계라지만 재상의 생일에 맥카시 공작이 빠질 수는 없었다.

"그래서 가려는 겁니다."

"뭐?"

"제가 리안 님과 함께 파티에 참석한다면 공작들이 긴장하지 않겠습니까? 리안 님 곁에 제가 있다는 걸 알면 아마 당분간은 함부로 일을 벌이지는 않을 겁니다."

"맥카시 공작이 나를 다시 죽이려고 들까봐 염려하는 거라면 괜찮아. 내가 마법사라는 사실이 알려졌으니 차이가 아니더라도 한동안 건드리지 못할 테니."

"공작을 너무 만만히 보시면 안 됩니다."

차이의 가라앉은 눈빛이 리안을 걱정스럽게 바라보았다.

"키넌을 보낸 자가 누굽니까? 바로 맥카시 공작입니다. 아마 지금쯤 공작은 키넌 때문에 골머리를 앓고 있을 겁니다."

"무슨 뜻이야?"

"생각해 보십시오. 키넌은 흑마법을 익혔다는 죄로 황실에서 쫓겨난 자입니다. 그런 자를 몰래 살려둔 자가 바로 공작이고요."

"아."

리안은 차이가 무슨 말을 하는지 알 것 같았다. 리안이 이해한 듯하자 차이가 마저 설명했다.

"키넌은 공작의 죄를 뚜렷이 입증할 수 있는 증거나 마찬가지입니다. 황제의 명을 어겼으니 역모나 다름없고요. 키넌이 리안 님에게 있는 이상, 공작은 포기할 수 없을 겁니다. 무슨 수를 써서라도 키넌을 제거하려고 들겠죠. 수틀리면 다시 리안 님을 해치려고 할지도 모릅니다."

상상만으로도 불쾌하다는 듯 차이의 눈동자에 일순 살기가 떠올랐다가 사라졌다.

"섣불리 움직이지 못하도록 일종의 협박을 하는 셈이라고 생각하시면 될 겁니다. 죄송한 말씀이지만, 두 공작에게는 아직 리안 님보다 제가 더 무서울 테니까요."

리안은 고개를 끄덕였다.

아무리 리안이 5서클의 마법사라는 사실이 알려졌다고 해도, 그건 두 공작에게 약간의 경계심이 들 뿐이지 겁을 낼 만한 것은 아니었다.

제국 전역에 퍼져 있는 그들이 보유한 사병의 수만 해도 리안보다 수십 배는 많았고, 오랜 세월을 흔들림 없이 제국을 주물러온 주인들이었다.

냉정하게 말해 아직 리안은 그들의 적수가 될 수 없었다.

하지만 차이는 다르다. 차이가 특별하다는 건 리안보다도 공작들이 먼저 알았다.

리안처럼 자세히 알지는 못해도 그들은 분명 차이를 두려워하고 있었다. 아마도 차이와 함께 간다면 경악을 금치 못하리라.

그것이 어떤 영향을 끼칠지는 모르겠으나 득이면 득이 됐지, 실은 아닐 거라고 리안은 생각했다.

"하지만 차이가 귀찮아질 텐데 괜찮겠어?"

"리안 님과 파티에 함께 참석을 한다는 거지, 귀족들에게 저의 존재를 밝히려는 것은 아닙니다. 아마 대다수의 귀족들이 몰라볼 겁니다."

"그래도 핵심 귀족들은 알아볼걸."

"제가 전에도 말씀드렸다시피 그들은 저의 존재가 밝혀지길 원하지 않습니다."

"그런가?"

"네, 그러니 걱정하지 마십시오."

차이가 미소 지었다. 사소하지만 자신을 생각해 주는 리안의 마음 씀씀이가 그를 기분 좋게 했다.

"좋아, 그럼 같이 가자. 나야 차이가 가준다면 든든하고 좋지. 라키, 너도 괜찮지?"

리안이 그제야 홀로 앉아 있는 라키아에게 다가가며 물었다.

"라키?"

대답이 없는 것도 그렇지만, 라키아의 안색이 좋지 못하다는 것을 리안은 그때야 눈치챘다. 이유는 몰라도 잔뜩 화가 난 얼굴이었다.

차가운 눈빛으로 라키아가 리안을 올려다보았다.

"왜 나에겐 말하지 않는 거지?"

"갑자기 무슨 소리야?"

리안이 눈을 동그랗게 뜨며 라키아의 옆에 앉았다.

라키아가 차이를 가리켰다.

"후작님은 알고 있잖아. 네가 어디에 다녀왔는지. 나한텐 언제 말할 셈이었지?"

"라키, 그건……."

철컹!

"누가 이런 거 달래? 내가 너에게 그렇게 못 미더운 사람이었나?"

라키아가 리안이 선물한 검을 집어던지듯 탁자에 내려놓았다. 오랜만에 그의 눈동자가 이글이글 타오르고 있었다.

"왜, 정곡을 찔려서 할 말을 잃었나?"

놀란 리안이 말을 못하자 라키아가 빈정거렸다.

"훗, 5년을 함께 지낸 나는 한 번도 데려가지 못한 곳을 후작님은 잘도 모시고 갔다 왔군. 그래, 후작이라 그거지?"

"라키, 네가 뭘 오해한 모양인데 난 차이를 데려가지 않았어."

"이젠 거짓말까지 하네."

"거짓말 아니야. 진짜야!"

"그럼 다녀오셨습니까는 뭔데? 후작님은 네가 어디를 갔다 왔는지 알고 있는 거 아냐?"

"……!"

"거봐, 부정하지 못하잖아. 역시 내 생각이 맞았어."

라키아가 주먹을 쥐며 자리에서 일어났다. 리안은 서둘러 따라 일어섰다.

"그래, 맞아! 차이는 알고 있어. 하지만 혼자 다녀온 거야. 차이는 한 번도 그곳에 가본 적이 없어!"

"아, 그래?"

"당연하지. 너도 데려가지 못한 곳인데 차이를 어떻게 데려가. 누군가를 데려갈 거라면 라키 널 먼저 데려갔을 거야."

리안이 라키아의 손목을 붙들었다.

"라키, 내가 그곳에 널 데려가지 못하는 이유는 나중에 설명할게. 기분 나쁠 거라는 거 알아. 하지만 나에게도 사정은 있어. 언젠가는 다 말할 수 있는 날이 올 거야. 날 이해해 주면 안 되겠어?"

"또 그놈의 사정 얘기인가?"

라키아가 리안의 손을 뿌리쳤다.

"대체 난 너란 놈을 모르겠다. 숨기는 게 왜 그렇게 많지? 역시 날 못 믿어서 그러는 거 아니야?"

"이건 믿는 거랑은 다른 문제야. 그리고 난 널 믿어, 라키."

"……."

리안의 진지한 말투 때문이었을까. 라키아가 발을 멈추고 리안을 돌아봤다.

"그럼 말해 봐. 후작님은 알고 계시다며. 어디를 다녀온 거야?"

"말할 수 있었으면 데려갔을 거야. 그 얘기는 이제 그만 하자."

"나한테는 여전히 말하지 못하겠다?"

라키아의 시선이 다시 차가워졌다. 리안은 어깨를 축 떨어뜨렸다.

"차이에게도 말한 건 아니야."

"나보고 그 거짓말을 믿으라고?"

"전에 차이가 했던 말, 기억 안 나?"

"말 돌리지 마."

라키아의 짜증스러운 말투에 리안이 재빨리 설명했다.

"차이가 그랬잖아. 그의 할아버지가 과거에 어느 분에게 인간으로서는 지니기 어려운 힘을 받았다고. 나도 마찬가지야, 라키."

"……?"

"이것보다 더 자세히 말할 수 없어서 미안해. 아무튼 차이는 그래서 아는 거야. 내가 말한 게 아니라고."

라키아의 놀란 눈이 차이와 리안을 번갈아 쳐다봤다. 그러던 그의 눈에 이해의 기색이 조금씩 스치는 것이 보였다.

리안과 차이.

인정하기 싫지만 둘은 비슷한 점이 많았다. 비밀을 좋아하는 것이나 라키아도 놀랄 만한 힘을 가진 것 등 지금 생각해보니 닮아도 너무 많이 닮았다.

차이가 말했었다. 의미를 찾았다고.

그건 자신과 비슷한 존재를 찾았다는 뜻이었을까?

"라키?"

라키아가 오래도록 말이 없자 리안이 다시 그의 손목을 붙들었다.

"아직도 화가 난 거야?"

리안이 라키아와 시선을 마주치기 위해 목을 끝까지 쳐든 채 라키아를 올려다봤다. 리안의 까만 눈동자에는 제발 자신을 이해해 달라는 애원이 담겨 있었다.

'생긴 것 하고는.'

5년을 형제같이 지냈지만 리안의 얼굴을 오늘처럼 가까이에서 보기는 처음이었다. 사내다움이라고는 하나도 없는 리안의 얼굴을 보자 라키아는 순간 혀가 차졌다.

이런 얼굴로 두 공작을 제대로 상대할 수 있을지 걱정이 되는 순간이었다.

"에잇, 징그러우니까 저리 가!"

라키아가 리안의 손길을 뿌리치며 소리쳤다. 하지만 조금 전과 달리 밖으로 나가지 않고 탁자로 손을 뻗어 검을 집어 들었다.

"이거나 얘기해 봐. 뭐로 만들었기에 바스타드 소드 주제에 이렇게 가벼워?"

스르릉.

라키아가 검집에서 검을 꺼냈다. 그리곤 얼굴 가까이 검을 수평으로 들더니 한쪽 눈을 감은 채 신중한 눈길로 검신을 살폈다. 긁힌 자국은 물론이고 흠집 하나 없는 검신은 지금껏 보았던 어떤 검보다 늘씬하게 잘 빠져 있었다.

적당한 무게감하며 요란한 무늬가 없어 라키아의 마음에 드는 검이었다.

"어라?"

그런데 자세히 보니 검신 전체에 희미하게 무언가 그려져 있는 것이 보였다. 흠집인가 싶어 손으로 만져보았으나 매끈매끈했다.

"올리판트로 만든 검이야."

"올리판트?"

라키아의 고개가 갸웃거렸다. 올리판트라니? 생전 처음 들어보는 단어였다.

"미스릴 알지?"

"당연히 알지. 최고의 금속이잖아."

미스릴이라면 세상에서 가장 강한 무기를 만들 수 있는 최상의 재료였다. 기사라면 누구나가 미스릴로 만들어진 검을 갖는 것이 꿈이었다.

하지만 워낙 채굴되는 양이 적기 때문에 미스릴은 보통 철과 섞어서 검의 강도를 높이는 데만 사용하는 게 작금의 현실이었다. 비싼 가격은 말할 것도 없다.

"이거 미스릴로 만든 거야?"

라키아의 음성이 달라졌다. 리안은 고개를 저었다.

"아니, 올리판트라니까."

"뭐야, 그럼 미스릴 얘기는 왜 꺼낸 건데?"

대번에 바뀌는 라키아의 말투에 리안은 피식 웃으며 말했다.

"올리판트란 미스릴에다가 드래곤의 뼈를 섞은 거야."

"미스릴이 들어간 검은 나도 있어. 아니, 있었다고 해야겠네. 5년 전에 잃어버렸으니까. 폐하께서 하사…… 자, 잠깐! 너 지금 뭐라고? 미스릴에 뭐를 섞어?"

쾅!

"라키, 조심해!"

라키아가 검으로 바닥을 강하게 찍은 바람에 리안이 깜짝 놀라며 얼른 몇 걸음 떨어졌다.

"그러니까 뭘 섞었다고? 드, 드래곤의 뼈?"

얼마나 놀랐으면 말까지 더듬을까. 리안은 빙긋 웃으며 고개를 주억였다.

"응, 드래곤의 뼈. 특별한 거 맞지?"

"너 지금 장난하냐? 농담이지? 그렇지?"

라키아는 곧이 믿을 수가 없었다. 아무리 엄청난 일을 자주 벌이는 리안이지만 그래도 드래곤의 뼈가 들어간 검이라니!

"헐."

라키아가 입을 벌린 채 자신이 들고 있는 검을 멍하게 내려다봤다.

"농담 아니야. 드래곤의 뼈와 미스릴을 섞으면 올리판트라는 이름의 금속이 돼. 소드 마스터의 오러에도 견딜 수 있는 유일한 금속이지. 어때, 마음에 들어?"

"너, 너…… 지금 그걸 질문이라고 하냐?"

라키아가 기가 막힌다는 듯 목청을 높였다.

"당연히 마음에 들지! 어떤 놈이 싫어하겠냐?"

"아깐 누가 이런 거 달랬냐며 집어던졌잖아."

"그땐 몰랐으니까 그렇지!"

"싫으면 다시 돌려줘도 돼. 스캇 주지 뭐."

"줬다 뺐기냐!"

라키아가 황급히 검을 검집에 넣더니 리안에게서 멀찍이 떨어졌다. 그런 그의 눈은 어쩐지 겁에 질려 있었다.

리안은 웃음이 나오려는 것을 겨우 참으며 말했다.

"아직 하나가 남았어. 그거 마법 병기야."

"응?"

"아까 검신에 그려져 있는 거 봤지?"

끄덕.

"5서클 마법까지는 통하지 않는 방어 마법진이야. 즉, 쉽게 말해 대륙에서 나를 빼고는 어떤 마법사도 라키에게 해를 끼칠 수 없단 얘기지."

"……."

"뭐야, 감동한 거야? 왜 말이 없어?"

"리안, 너……."

굳은 듯 서 있던 라키아가 갑자기 성큼성큼 리안에게로 걸어왔다. 긴 다리 탓인지 라키아는 겨우 몇 걸음 만에 리안의 앞에 당도했다.

리안이 라키아를 보기 위해서는 다시 턱을 높이 들어야만 했다.

와락!

그때 라키아가 예고도 없이 리안의 몸을 덥석 안았다. 그런 그에게서 작은 한마디가 조용히 흘러나왔다.

"고맙다."

*　　　*　　　*

타운젠드 공작이 다스리는 마리오네시는 황도만큼이나 번화함을 자랑했다. 잘 정비된 도로와 깨끗한 환경, 짜인 듯 균형 있게 지어진 도시의 성세(城勢)가 인상 깊었다.

도시는 전체가 축제 분위기였다.

타운젠드 공작의 예순다섯 번째 생일을 맞아 여기저기에서 잔치가 끊이지 않고 열렸다.

공작의 탄생일을 기념하는 뜻에서 공작가에서도 많은 양의 술과 음식을 풀어 영지민을 기쁘게 했고, 영지민들도 그런 공작을 찬양하며 축제를 즐겼다.

도시는 어느 때보다 많은 사람들로 북적였다. 타운젠드 공작의 생일을 축하하기 위해 제국 전역에서 사람들이 몰려들었다.

고위 귀족들은 직접 공작의 성에서 머물 수 있는 혜택을 받았지만, 공작의 파티에 참석하는 귀족들 중에는 그렇지 못한 자들이 훨씬 더 많았다.

도시 경제에 호황을 가져오는 공작의 생일은 그런 이유에서도 영지민들에게 환영받고 있었다.

해가 지고 어둠이 슬슬 내려앉을 무렵.

호화롭게 치장한 마차들이 하나둘 공작의 성을 향해 달려갔다. 이미 일주일 전부터 밤낮없이 파티가 열리고 있었지만, 오늘은 공작이 직접 파티에 참석하는 특별한 날이었다.

그래선지 어느 날보다 성을 찾는 귀족들이 많았다. 그들은 모두가 짐이 가득하였는데, 굳이 뜯어보지 않아도 그것이 공작을 위한 선물임을 알 수 있었다.

화려하고 고급스러운 선물 꾸러미를 든 귀족들로 공작의 성 입구가 부산했다. 그런 곳에 지금 막 새로운 마차가 당도했다.

"다 왔습니다."

마부의 우렁찬 음성과 함께 마차의 문이 열렸다. 그리고 그 안에서 내린 것은 워프 게이트를 통해 방금 전에 도착한 리안과 라키아, 그리고 차이였다.

다른 귀족들에 비하면 굉장히 단출한 일행이 아닐 수 없었다. 시중을 들어야 할 하인이 한 명도 없는데다가, 작은 짐조차 눈 씻고 찾아봐도 없었다.

그것이 이상했을까?

주변에 있던 귀족들이 의문스런 눈길로 일행을 힐긋힐긋 쳐다봤다. 그중 리안 일행을 알아보는 이들은 한 명도 없는 듯했다.

그럴 만도 한 것이 리안의 위세가 요즘 대단하다고는 하나, 파티에 자주 참석한 것도 아니고 귀족들의 모임에도 얼굴을 비춘 적이 거의 없었다.

더욱이 지방에서 사는 귀족들은 여러 면에서 소식이 늦는 편이다. 그들 대부분은 리안을 어느 가문의 귀공자쯤으로 생각했다.

차이는 또 어떤가.

예의를 갖춘 복장이긴 하나 오늘도 역시 그는 온통 검은빛 일색이었다. 그를 보고 있으면 영락없는 리안의 호위기사였다.

사정은 라키아도 비슷했다. 차이보다는 나았지만, 화려한 다른 귀족들의 의상에 비해 초라한 건 사실이었다. 게다가 무슨 생각인지 그는 겉에다가 발목까지 오는 로브를 입고 후드를 뒤집어쓴 상태였다.

"거봐, 내가 좀 차려입고 오자니까."

리안이 입구로 걸어가며 투덜거렸다. 그러자 라키아가 정색을 하며 리안을 내려다봤다.

"내가 왜 그래야 하는데? 그래봤자 고작 생일 파티야. 난 이 차림이 편해."

"저도 마찬가집니다."

차이도 고개를 끄덕이며 동의했다.

'내가 무슨 말을 하리오.'

리안은 속으로 혀를 차며 품에서 초대장을 꺼내 안내인에게 넘겼다.

"헉!"

공손히 초대장을 받아 열어본 사내가 갑자기 신음성을 터뜨렸다.

"죄, 죄송합니다!"

즉시 자신의 실수를 깨닫고 사죄를 하긴 했지만, 그런 사내의 눈에는 놀람이 가득했다.

"뭐가 잘못되기라도 했나요?"

"아, 아닙니다."

사내가 세차게 고개를 저으며 다시금 사과했다.

"소문이 자자하신 분을 처음 뵙고 제가 실례를 저질렀습니다. 용서하십시오."

"괜찮습니다. 그럼 이만 들어가도 될까요?"

"네, 여기 방명록을 작성해 주신 다음에 들어가시면 됩니다."

사내가 내민 방명록에는 이미 많은 귀족들의 이름이 저마다의 필체로 쓰여 있었다. 리안도 빈 공간에 자신의 이름을 적어 넣었다.

"라키도 쓸래?"

"됐어."

그 따위 장부에 자신의 고귀한 이름을 적을 수 없다는 듯 라키아가 차갑게 내뱉으며 앞장섰다.

원래부터 당당한 라키아지만 오늘은 유독 그 정도가 심했다. 그 이유는 아마도 떳떳해서가 아닐까?

며칠 전 황도에서 황제의 공표가 있었다. 5년을 짓눌러왔던 가문의 누명이 벗겨지고 공식적으로 로드리게즈 백작가가 복권이 된 것이다.

라키아의 가문이 몰락한 것이 누군가의 음모 때문이라는 것을 알고 사람들은 참으로 안타까워했다.

동시에 그 사실을 파헤쳐 지금이라도 바로잡은 황제의 노력에 감탄하며 고개를 조아렸다.

이제 라키아는 꺼릴 것이 없었다. 더 이상 도망 다니지 않아도 되었고, 신분을 속이지 않아도 되었다. 마법으로 가려놓았던 얼굴도 지금은 푼 상태였다.

라키아의 남청색 눈동자가 날카롭게 반짝였다. 황제와의 만남도 미루고 그가 이곳부터 온 까닭은 자신을 보고 놀라는 두 공작의 모습을 직접 보고 싶어서였다.

황궁에도 그들의 눈과 귀가 있다. 라키아가 황제를 만나게 되면 분명 그 사실이 둘의 귀에 들어갈 것이다.

라키아는 그것이 싫었다.

아무런 준비도 하지 않은 그들 앞에 당당히 자신의 온전함을 보여주고 싶었다.

"칼리스타 백작님께서 오셨습니다!"

우렁찬 목소리가 홀 안으로 퍼져 나갔다. 경쾌한 음악에 맞춰 춤을 추던 사람들이 일제히 동작을 멈추었고, 모여서 수다를 떨던 이들의 목소리도 한순간에 그쳤다.

"꺅!"

"카, 칼리스타 백작님이래!"

리안의 명성은 귀족들에게 한정된 것만은 아닌 듯했다. 음악을 연주하던 악단과 음식과 술을 나르던 하인과 하녀들도 모두 깜짝 놀라며 리안을 향해 돌아섰다.

5서클의 대마법사.

리안을 보는 그들의 시선은 모두가 그러했다. 리안이 마법사라는 사실이 알려지고 처음으로 등장하는 자리인 만큼 반응들이 격했다.

리안이 파티에 참석한다는 걸 다들 예상하지 못한 눈치였다. 따가운 그들의 시선을 고스란히 받으며 리안이 천천히 홀 안으로 들어섰다.

말로만 듣던 리안의 외모를 눈으로 확인하자 여기저기서 탄성의 소리가 흘러나왔다. 홀에 있는 여성 중 반 이상이 이미 리안과 사랑에 빠졌다.

"어떻게 남자가 저렇게 아름다울 수가 있지?"

"세상에 믿을 수가 없어……."

"칼리스타 백작님은 신이 조각한 최고의 작품이야."

"근데 옆에는 누구지?"

"감히 여기가 어디라고 후드를 쓰고 들어와?"

리안에게 집중되었던 시선은 차츰 차이와 라키아에게도 번졌다. 리안이 가는 선에 여성스럽게 생긴 타입이라면, 차이와 라키아는 그 반대였다.

190이 넘는 장신의 키는 둘의 가장 큰 특징이었다. 호리호리한 체형에 온몸이 근육질이라는 것도 비슷했다.

준수한 외모에 차가운 인상을 지닌 것도 둘의 공통점이라고 할 수 있겠지만, 한쪽이 후드를 쓰고 있는 탓에 그것까지는 사람들이 알 수 없었다.

리안이 나타났음에도 사람들은 선뜻 다가오지 못했다. 당장이라도 다가가 호감을 표시하고 싶은 마음이 굴뚝이었지만, 라키아의 수상함과 차이에게서 풍기는 서늘한 분위기가 그것을 가로막았다.

"왔군."

굳게 다물려 있던 차이의 입이 벌어졌다. 그의 시선을 따라가 보니 저만치서 걸어오는 두 공작의 모습이 보였다. 함께 있는 것을 보니 어딘가에서 둘이 사담이라도 나누고 온 모양이었다.

그때 두 명의 사내가 각자 공작들에게로 다가가 귓속말을 전했다. 그러자 공작들이 바로 리안을 향해 돌아섰다. 무슨 말을 전했을지는 안 들어도 뻔했다. 리안을 발견한 두 공작의 눈에 반가움이 서렸다.

하지만 다음 순간 약속이라도 한 듯 두 사람 모두 얼음처럼 굳었다. 장님이 아니고서야 리안과 함께 있는 차이를 보지 못하는 건 말이 안 되었다.

그들의 시선은 차이를 향해 고정되어 있었다.

"……!"

타운젠드 공작과 맥카시 공작은 자신들의 눈을 믿을 수가 없었다.

리안의 옆을 지키듯 서 있는 남자.

그였다.

차이 반 크라우저.

장신의 키, 긴 잿빛 머리칼, 차가운 저 검은빛 눈동자.

그는 분명 크라우저 후작이었다.

마지막으로 본 것이 십 년 전이다. 그때나 지금이나 변함없는 저 얼굴은 틀림없이 차이였다.

그래도 혹시나 했을까?

타운젠드 공작과 맥카시 공작이 동시에 서로를 돌아봤다. 그들은 상대에게 묻고 있었다. 자신들이 지금 보고 있는 것이 진정 맞느냐는 듯.

그리고 알 수 있었다. 잘못 본 것이 아님을.

갑작스럽게 나타난 차이의 존재.

조금 전까지 평화로웠던 그들의 가슴이 참으로 오랜만에 세게 뛰었다.

"가자."

리안은 미소 띤 얼굴로 차이와 라키아를 대동하고 두 공작에게로 걸어갔다. 오늘은 타운젠드 공작이 탄생한 경사스러운 자리다. 초대를 받았으면 축하를 해주는 것이 마땅한 예의였다.

"처음 뵙겠습니다. 아드리안 폰 칼리스타입니다. 두 공작님을 이렇게 한자리에서 뵙게 되어 영광입니다."

리안은 정중히 고개를 숙여 두 공작에게 인사했다. 차이도 그런 리안을 따라 조용히 허리를 굽히며 예를 갖췄다.

차이로 인해 긴장한 듯 타운젠드 공작과 맥카시 공작은 잠시 말이 없었다.

하지만 그의 측근들은 달랐다. 그들이 엄한 눈초리로 일제히 라키아를 쏘아봤다.

예를 올리기는커녕 후드를 뒤집어쓰고 있으니 그들이 보기엔 기가 막힌 것이다.

그때야 이상함을 감지한 두 공작들도 라키아를 향해 고개를 들었다.

'훗.'

라키아가 손을 들어 천천히 후드를 머리 뒤로 내렸다.

"안녕하셨습니까?"

라키아의 서릿발 같은 음성이 홀에 울려 퍼지자, 두 공작이 경악에 찬 표정을 지었다.

"라키아 디 로드리게즈, 오랜만에 두 공작 전하께 인사드립니다."

차가운 미소가 라키아의 입가에 번졌다.

『마법군주』 6권에서 계속

DREAMBOOKS

DREAMBOOKS